说剑楼
SHUO JIAN LOU

诗词选
SHI CI XUAN

王亚平 著

长江出版传媒　长江文艺出版社

图书在版编目（ＣＩＰ）数据

说剑楼诗词选 / 王亚平著. -- 武汉：长江文艺出
版社，2020.8
ISBN 978-7-5702-1685-7

Ⅰ. ①说… Ⅱ. ①王… Ⅲ. ①诗词－作品集—中国—
当代 Ⅳ. ①I227

中国版本图书馆 CIP 数据核字（2020）第 125801 号

责任编辑：谈　骁　　　　　　责任校对：毛　娟
特约编辑：蓝　野　符　力　　责任印制：邱　莉　　王光兴
封面设计：祁泽娟

出版：　　长江出版传媒　　　长江文艺出版社

地址：武汉市雄楚大街 268 号　　　邮编：430070
发行：长江文艺出版社
http://www.cjlap.com
印刷：武汉市籍缘印刷厂

开本：880 毫米×1230 毫米　　1/32　　印张：5.625　　插页：4 页
版次：2020 年 8 月第 1 版　　　2020 年 8 月第 1 次印刷
行数：3405 行

定价：46.00 元

目　录

第二辑　说剑楼诗稿

第三辑　说剑楼歌行

第一辑

说剑楼词稿

❖滇云九歌❖

小记：己亥中秋清晨，遵蒙自市委书记庞俊先生嘱，草就《八声甘州·听风楼》。其后竟一发而不可止，不数日间共斩获滇云《甘州》十一首。年逾古稀而犹自文思泉涌走笔如飞，亦快事耳。因援屈子《九歌》十一章成例，将拙稿总题为《滇云九歌》。岂敢借屈子自重，谨以遥致对先贤之追慕云尔。王亚平二〇一九年九月二十一日子夜记于滇南说剑楼灯下。

八声甘州·听风楼

云南蒙自南湖颐园，宋周敦颐后裔柏斋先生之宅第也。一九三八年间，西南联大为避倭西迁，设商法文学院于南湖之滨，柏斋先生揖让颐园楼阁供联大女学生下榻，遂更名为听风楼焉。噫！听风楼！其非陆放翁"夜阑卧听风吹雨"之遗响也欤……

唱共将血肉筑长城，怆然哭卢沟。恨哀鸿遍野，山河破碎，草木都愁。梦里冰河铁马，有泪冷难收。一片秦淮月，高挂云楼。

且把放翁健句，趁夜阑题柱，与子同仇。念松花江上，翅鼓白沙鸥。对孤灯、忍听风雨；倚栏望、苍莽是神州。闻鸡起、挽雕弓满，猎取寒秋。

2019 年中秋晨起作

八声甘州·万亩石榴园

云南蒙自石榴栽培近八百寒暑，其果甜爽，四海名扬。改革开放之初，蒙自拓建万亩石榴园。夏至花红，中秋果熟，车马纵横，商贾络绎，霞蔚云蒸，游人如织。真生产之基地，洵观光之胜景也……

叹榴花艳照古瑶池，八骏记西游。望孤烟大漠，长河落日，羌管悠悠。滇南万亩红涨，红到汉丝绸。果压关山月，熟透中秋。

呼酒点春楼上，任香生寒碧，霞蔚吟眸。更纵横车马，满载鸟啁啾。试放飞、诗怀蓬勃；约婵娟、击节听云流。心潮涌、看缤纷梦，挂满枝头。

2019 年 3 月 15 日

八声甘州·蒙自南湖

　　蒙自南湖开凿于朱明嘉靖三十一年，迄今已近五百寒暑，惨淡经营，终成大器。游湖鼓棹，追梦踏歌。清秋月朗，阳春风和。台榭听雨，虹桥卧波。汀花绰约，岛树婆娑。大有赏心悦目之功，尤多启智畅神之趣，真南滇胜景也。倭寇侵华，联大西迁，文法学院暂驻南湖之滨。学子创南湖诗社，闻一多朱自清诸先生皆为诗社导师。丁酉端午，曳杖清游，抚今思昔，盎然生感。因击节歌之，遥寄天涯……

　　破闲愁棹鼓一泓春，风饱片帆轻。对无端锦瑟，微澜鸽哨，翠柳莺鸣。料理诗苔竹梦，诗梦两青青。雨过荷蓬勃，十亩红声。
　　因忆南湖结社，唱剑磨秋水，日射长城。听危楼歌哭，曾伴月华明。立烟汀、静观鱼跃；抱琵琶、直上浣云亭。遥岑紫、借杯中酒，共酹流星。

2019 年 9 月 21 日

八声甘州·己亥中秋大围山追月

　　大围山雄踞滇南，方五百里，热带亚热带雨林覆盖全境。群峰翠耸，四季花红，寒泉玉泻，幽谷云封，真天地间大自在处也。辛巳六月，大围山列入国家级自然保护区名录……

大围山暮色莽苍苍，登览趁秋凉。看烟峦奔踊，溪声清亮，诗酒清狂。月自东山而上，皎皎泻流光。身入高寒境，鬂发如霜。

几度洪波娲火，剩桫椤坚挺，见证沧桑。更虹榕撑绿，根系接汉唐。杜鹃花、温情牵梦；小瑶池、朗照鹤家乡。婵娟竹、弄婆娑影，云海茫茫。

2019 年 9 月 15 日

八声甘州·哈尼梯田

哈尼梯田高挂云南元阳哀牢山南，千山万岭，沟坎石镶，层层叠叠，直接云天。史载：哈尼人经一千三百余年之辛勤开垦，方造就此旷世奇观。癸巳五月，元阳哈尼梯田列入世界文化遗产名录……

看天梯叠翠挂青冥，风软彩云飞。更苍山妩媚，清泉不老，长伴哈尼。布谷声声催梦，梦熟稻黄时。割取秋千顷，割取虹霓。

明月初圆松顶，共踏歌篝火，呼酒传杯。傍多依树碧，人约水之湄。任巴乌、盘旋溪竹；见流萤、点亮菊东篱。花儿醒、听雄鸡唱，听杜鹃啼。

2019 年 9 月 15 日子夜

八声甘州·抚仙湖

抚仙湖，聂耳故乡也。湖方二百平方公里，深六百尺，水质优良。湖中有孤山，杂花生树，峭壁流云，秀压沧浪。三和茶楼面对孤山，依湖而筑。楼主冯乔会女史雅擅古筝。登斯楼也，听筝品茗观潮，其乐也融融，真不知今夕何夕矣……

正烟涛万叠一帆轻，载酒赏新晴。共登楼纵目，清狂半日，风起云生。试把沧桑巨变，说与老龙听。高岸今为谷，深谷为陵。

且趁棹歌渔火，持板桥竹瘦，钓取流星。看潮奔潮落，渐觉寸心平。访樱花、缤纷如梦；待追寻、梦里欠分明。邀红袖、把清寒句，谱入瑶筝。

2019 年 9 月 18 日

八声甘州·重登秀山

秀山屏障通海城南，名在云南四大名山之列。佛寺星罗，道观棋布，四季花红，古木参天，层台耸翠，飞阁流丹。山脚原接杞湖，湖方百里，烟波浩渺，颇便渔商。今湖面枯萎，鱼龙沉寂，遥不可睹。秀山之天镜楼与海月楼等，已同虚设矣……

更歌呼踏访趁秋高，落木正萧萧。叹清凉台上，山茶似火，艳压溪桥。海月楼边风爽，拍梦起松涛。健句真坚挺：红不肯凋。

试叩苍苍宋柏，听年轮声转，汹涌如潮。羡徐杨妙笔，墨泼彩云飘。碧螺杯、细酎禅悟；且偷闲、小坐读离骚。荼蘼酒、共婵娟醉，都是花妖。

2019 年 9 月 18 日

八声甘州·过昆明至公堂

至公堂在今云南大学校园内，闻一多先生曾在此作最后一次讲演。先生诗人兼学者而心系国运，后终以热血为新中国奠基。先生真人杰，亦真鬼雄耳。

大丈夫语出万钧雷，浩浩气昂藏。笑荒鸡寒夜，漫天风雨，暗箭明枪。壮士头颅坚实，怒掷又何妨。红烛诗瑰玮，千古流光。

我访滇池秋老，对萍天苇地，断碣清霜。恨西仓坡上，淡了血一腔。诵离骚、斯人憔悴；倚危栏、无语送斜阳。谁家女、奏关山月，唱至公堂。

2019 年 9 月 18 日

八声甘州·登滇池大观楼

看滇池百里水涵空，浩荡一帆风。正凌虚把酒，云涛扑面，天际归鸿。满目萍天苇地，云外一声钟。帘卷西山雨，山影朦胧。

因忆汉唐旧事，叹寒潮滚滚，淘尽英雄。对残碑断碣，拂拭认遗踪。剩几星、烟汀渔火；更数竿、苦竹倚疏桐。凭栏处、渐云天霁，落日摇红。

1997 年 9 月 28 日

八声甘州·经丽江过香格里拉

叹奇才剑客半凋零，追梦到云涯。正泸沽湖上，湛然秋水，苍翠笼沙。直上冰峰题壁，笔落迅雷挝。歌哭情人谷，风雨交加。

欲会射雕好手，过三千海拔，香格里拉。看姑娘卓玛，舞动满天霞。月蓝蓝、经幡飘拂；古道边、取火试新茶。呀拉索、喝青稞酒，唱格桑花。

2019 年 9 月 18 日子夜

八声甘州·过版纳

听滔天鼓乐沸边城，水泼傣家春。看澜沧江畔，霓虹高挂，风起云奔。劲竹萧骚凤尾，净扫旧埃尘。孔雀开屏处，好梦缤纷。

试入雨林拾翠，对苍藤古木，娲石苔痕。更千年铁树，树杪碧云屯。豆相思、为君红透；缅桂花、香扑石榴裙。痴迷甚、有间关鸟，替我招魂。

2019 年 9 月 19 日晨三时

《水调歌头·车过天山》

　　扰我梦魂久，今日喜相逢。连呼快觅诗去，趁此雾朦胧。结伴驱车直上，仄仄平平云径，花放异香浓。崖畔好风细，树杪日初红。　　攀绝壁，过断涧，倚长松。一声清啸，霓霞拥我上冰峰。一览群山尽小，云起云飞如画，万里快哉风。兴发思题壁，笔落气如虹。

1990 年 11 月 20 日

《金缕曲·留别塞上诸诗友》

　　水击三千里。负青天、蓦然回首，莽苍而已。三十年前初出塞，小试扶摇双翅。问几度、云飞云起。直上冰峰观沧海，竟轰然醉倒青云里。题断壁，写豪气。　　老来忽动图南意。羡滇池、苍山洱海，四时凝翠。摘取南天春烂漫，海角天涯频寄。长梦绕、西游故地。临别何须挥浊泪，笑阴晴圆缺寻常事。将进酒，拼一醉。

1994 年 11 月 1 月

附：程皎女史和词

　　鹤路三千里。正归来、秋空湛湛，月明如许。笑问人间都改未，歇得扶摇老翅？叹明灭、涛生云起。转眼江山成代谢，剩几人高卧邯郸里。蛮与触，竞豪气。　　萧疏惯会庄生意。喜南来、长天水暖，浅红深翠。唤取青僮敲枰子，对此微躯好寄。任竹雨、松花随地。慧业何妨壶内有，了不知风雨公卿事。邀紫蝶，共沉醉。

2015 年 11 月

《水调歌头·过洞庭湖登岳阳楼》

日月出其里，万里气吞吴。长天秋水一色，托我片帆孤。直上层楼高处，觅取先贤遗梦，歌哭且唏嘘。浪打瘦蛟舞，云涌鸟相呼。　　少陵诗，范公记，尽愁予。对花溅泪，书生无用老江湖。黎庶城乡贫困，硕鼠官仓肥死，天网漏而疏。凭槛浑无语，泪眼渐模糊。

2000 年 9 月 9 日

八声甘州·访东坡赤壁

　　趁长风万里踏清秋，呼酒上危崖。看大江东去，千帆竞发，海日西来。太息一时瑜亮，故垒有馀哀。烟灭灰飞处，折戟长埋。

　　因忆苏髯风韵，对茫然万顷，渺渺予怀。更凌虚高蹈，一啸楚天开。听铜琶、涛惊霜雪；访残碑、拂拭旧尘埃。归来晚，酌溶溶月，涤我灵台。

2000 年 9 月 11 日

虞美人二首

一

秋潮倚枕闲来听，万里风烟净。寒斋独酌玉杯深，怕对镜中双鬓雪霜侵。　　风流总被风吹去，梦断阳关路。春来花发莫登楼，楼外相思如火满枝头。

二

霜风又折离离草，此恨何时了。少年深悔为情痴，谁料而今痴胜少年时。　　阴晴圆缺原无准，天意何须问。且凭杯酒慰凄凉，静看寒鸦三五入斜阳。

1998 年 10—11 月

浣溪沙三首

一

逝者如斯去不还，十年一梦酿辛酸。迷离往事未全删。
精卫焉能填恨海，女娲无力补情天。潇湘月冷竹娟娟。

二

信手一挥一泫然，为谁夜半理琴弦。如烟往事不堪弹。
好梦难寻芳草地，良辰易失碧云天。催花莺语正间关。

三

怕听山前鹈鸠声，几番推枕步闲庭。仰观天幕过流星。
玉露沾衣挥不去，幽愁侵梦恨难平。剪灯惜取一时明。

1998 年 11 月 1—5 日

鹧鸪天三首

一

望断秋云又几重,水流花落太匆匆。西厢蝶影频侵梦,蜀道鹃声总溅红。　　鱼雁杳,小楼空,朝来疏雨晚来风。倚栏却忆阳关路,尽在荒烟落照中。

二

残梦依稀假亦真,须臾苍狗化浮云。天涯已失桃花扇,箧底犹藏连理裙。　　孤月冷,客愁新,潇湘遗稿挑灯焚。寒江呜咽波千叠,难浣征衫旧酒痕。

三

客至羞言汗漫游,枝头病翼早惊秋。青丝都为伊人白,浊泪未因旧梦休。　　篱菊绽,岫云浮,闲来且上最高楼。眼前有句人先得:花自飘零水自流。

1998 年 10—11 月

临江仙二首

一

帘外霜风凄紧,一弯冷月相侵。年来心事总难禁。爱深翻作恨,情重最伤心。　　怕对花开花落,当时幽梦难寻。近黄昏处莫登临。灵台涛似雪,更比海波深。

二

陌上霜风摧绿,阶前梧叶飘黄。梦回虚幌透凄凉。新词三两阕,斜草两三行。　　谁道浇愁须酒,相思今夜何长。月华如水水沧浪。更残人不寐,卧听雨敲窗。

1998 年 10—11 月

◀沁园春·吊地窝子▶

　　兵团军垦战士开发天山南北之初，食宿维艰，遂掘地为穴，上覆草泥而居之，故人称地窝子。噫！地窝子，其非上古穴居而野处之余韵也欤……

　　学古人居，迎万重沙，对百丈冰。任椽间一孔，长流月色；门边数罅，时漏风声。莫合烟浓，垦荒梦美，鼻息如雷摇壁灯。闻鸡起，伴南泥湾调，耕落残星。　　卅年巨变堪惊。看北国江南处处青。更渠旁堤畔，春风得意；枝头垄里，瓜果欢腾。广厦驱寒，老兵退伍，难忘悠悠陋室情。遗址上，听有人吊古，正赋长征。

1985 年 10 月 3 日

《江城子·泰戈尔《园丁集·17》诗意》

　　小桥芒果野人家，鸟叽喳，落飞花。一朵悠悠，顺水入篱笆。痴对落红人欲醉，安遮那，软遮拉①。　　　羊羔结队逐残霞。暮阴遮，月笼纱。数粒寒星，无语缀枝桠。手抚羊羔心暗诵：安遮那，软遮拉。

1985 年 12 月 11 日

---

① 安遮那为诗中小河名，软遮拉为诗中姑娘名。

《金缕曲·舒婷《那一年七月》诗意》

　　江上南风热。恨当时、温情凋谢，怅然离别。灯火沿江挥浊泪，天际残阳如血。看逆水、扁舟一叶。火焰花儿星星树，尽一时化作烟中物。码头上，正七月。　　空阶脚步声明灭。更断鸿、难传音讯，旧弦尘结。直上青云知何用，心岸长年积雪。腰折处、一团锈鬲。伊对七月成幻影，料对伊七月成空缺。长夜笛，欲吹裂。

1985 年 12 月 16 日

金缕曲·登鸣沙山访月牙泉

沙山蜿蜒八十里，雄踞敦煌城南。泉处沙中，状如缺月，千年不涸……

赤脚寻诗去。看鸣沙、蛇行斗折，浪飞云聚。人道当年征战苦，白骨长埋无数。静夜里、犹闻金鼓。堪笑山腰人影乱，在沙中尽作蹒跚步。沙瀑吼，雷霆怒。　　一弯翠月清如许。绕几多、蒹葭红柳，绿杨榆树。万古长新辉不灭，朗照丝绸之路。珠玉溅、游鱼吞吐。天公欲令游人醉，倩和风吹皱一泉素。余韵远，月牙赋。

1988 年 8 月 15 日

乳燕飞·天山深处与哈萨克牧民联欢

塞上风光美。望群山、层林掩映，雪峰奇伟。一曲流溪出远岫，溪畔风摇崔苇。露滴处、山花吐蕊。漫步花丛寻野趣，看蜂来蝶往迷香蕾。采薜荔，唱山鬼。　　联欢会上春潮沸。听歌声、飞扬毡帐，惹人心醉。哈族姑娘驰马过，洒落几多妩媚。鹰啸起、天惊云碎。携手踏歌情难已，竟不知树杪残阳坠。暮云紫，塔松翠。

1989 年 7 月 2 日

《八声甘州·己巳残秋记梦》

送一声长啸透青霄，摇落满天星。看扬扬洒洒，明明灭灭，十里流萤。笑逐花明柳暗，云外数峰青。拍岸弦歌响，流水涛声。

我欲中流击楫，却鸡鸣四野，树杪寒生。剩一弯冷月，无语照归程。听萧萧、惊秋霜叶；更依稀、有鬼哭长亭。伤怀久，怕登楼去，怕见凋零。

1989 年 10 月 22 日

水调歌头·秋过汨罗江

　　一曲汨罗水，无语送烟涛。我来草木摇落，风雨正潇潇。断壁丹枫如火，夹岸寒云困柳，雁唳满江郊。雨歇数峰紫，有鬼唱离骚。　　餐落英，饮朝露，步兰皋。黄钟弃不鸣兮，瓦釜任喧嚣。魂系都门烟雨，九死其犹未悔，千古此风高。听罢咨嗟久，吹裂手中箫。

1990 年 1 月 12 日

《水调歌头·少陵草堂》

一览众山小，壮志欲凌云。长安十载心冷，酒肉臭朱门。避乱秦州雪骤，短褐长馋木柄，壁破瓮生尘。三吏与三别，千古也销魂。　　居草堂，怀黎庶，泪沾巾。孤舟浊酒，携将秋色入黄昏。唯有江涛江月，犹记斯人憔悴，夜夜哭江滨。为告忧民者：慎莫作诗人！

1990 年 3 月 1 日

金缕曲·瑶池

涵澹一池水。引几多、骚人歌咏，烛前清泪。长忆穆王驱八骏，万里绮窗一会。云路上、犹鸣征辔。一自伤心人去后，听歌哀黄竹惊隹苇。摧薜荔，恸山鬼。　　我来正是花飞季。看池边、虹霓辉映，岫云凝翠。雪压沧浪鱼弄影，波底松涛如沸。天幕碧、鹰摇如醉。我欲凌波寻旧梦，怕满池云破琼瑶碎。谁省悟，此中味。

1992 年 6 月 2 日

《金缕曲·读刘征老师《霁月集》》

　　明月几时有？捧兹编、月来云破，满天星斗。垂老得偿青春愿，摘取江南红豆。更咀嚼、渔歌菱藕。莫道江南山水软，听川江号子惊天吼。绝壁上，峡江口。　　霜寒北国催诗瘦。看长河、波摇落日，万山红透。刘子笔端燃五彩，抹出云烟如绣。且又把、铜琶高奏。铁马萧萧关塞紫，叹古风新韵浓于酒。香馥郁，染吟袖。

1992 年 12 月 29 日

《水龙吟·过孔子墓》

　　飒然一片秋声，我来但见无边草。霜风凄紧，烟寒苔碧，满园枯槁。砌上蛩鸣，秋根萤滴，枝头鸦老。又一声雁过，天高地迥，兴亡事，知多少？　　欲挽狂澜既倒。理残编、黄昏清晓。无力回天，青灯琴瑟，梦魂飘渺。两袖清风，一怀离索，万年师表。对荒烟落木，我来吊古，祭招魂稿。

1993 年 1 月 10 日

水龙吟·谒孔庙

满庭翠柏森森，名师风范垂千古。删诗正史，抚琴读易，耘香兰圃。我欲仁兮，斯仁至矣，一编论语。看风生沂水，杏坛花乱，大成殿，辉齐鲁。　　谁记当年羁旅？驾牛车、斜阳野渡。道之不存，斯人憔悴，天倾难补。落魄生前，虚荣身后，问君知否？恨招魂不返，凭栏太息，听潇潇雨。

1993 年 1 月 15 日

水龙吟·游沂水登舞雩坛

少年曾羡曾生，风乎舞雩当春暮。驱车载酒，我来沂水，漫天飞絮。柳上青摇，波心鱼乐，落霞孤鹜。又一声笛唱，二三童子，骑牛过，浓荫去。　　舞雩坛边信步。看斜阳、渐沉高阜。荡胸风来，枝头鹊噪，远山云护。恍惚伊人，铿然舍瑟，牵衣索句。笑归途醉矣，凤歌断续，绕朦胧树。

1993 年 4 月 17 日

水龙吟·新疆诗词学会五周年试笔

吟坛几度斜晖，问谁真是回澜手。昆仑耸翠，高擎一帜，四方仰首。并蓄兼收，春江鱼跃，碛中雷吼。听大声铿鞳，小声浏亮，异香远，浓于酒。 休说郊寒岛瘦。正垂天、马蹄声骤。少年意气，虹霓吞吐，风神灵秀。老马嘶风，夕阳如火，吴钩依旧。看珍奇五色，流光溢彩，出凌云袖。

1993 年 9 月 21 日

《八声甘州·两江楼》

丙子暮秋偕淑萍姐斗全兄登重庆两江楼。凭栏纵目，长江嘉陵江蜿蜒眼底，而吾与淑萍姐古渝一别，迄今已整十年矣……

借扶摇拍翅上重霄，呼酒踏清秋。对无边落木，十年旧梦，风雨飕飕。不忍新翻杨柳，无语且凝眸。日暮寒山远，云水悠悠。

指点虹桥野渡，怅双江远逝，帆舞离舟。又长风吹雁，万里送轻愁。叹平生、江南江北；渐酒边、白了少年头。秋无际，正江潮涌，日压危楼。

1996 年 10 月 26 日

金缕曲·谒孙髯翁墓

　　孙髯翁祖籍三秦，流落滇中，生前曾撰大观楼长联一百八十字，名满天下。身后萧条，其墓在滇南弥勒县髯翁公园内……

　　高卧丛筸里。叹斯人、生前踏遍，暮云朝雨。泾渭寒涛滇池月，长夜都来梦底。曾写进、云笺茧纸。兴尽恬然酣睡去，任莺歌雁唳呼不起。歌未绝，散成绮。　　长联百字惊神鬼。伴危楼、流光溢彩，气吞千里。九夏芙蓉三月柳，满目烟波翠苇。看不尽、残碑旧垒。秦汉楼船唐宋铁，尽一时化作苍凉水。回首望，夕阳美。

1997 年 9 月 29 日

虞美人·澜沧江

　　澜沧江畔春不老，四季莺歌绕。沿江烟树绿如油，万绿丛中时见傣家楼。　　筒裙窄袖秋千架，风韵真如画。黄金水道远蜚声，直送花光云影入南溟。

《临江仙·傣寨夜色》

　　篱畔芭蕉凝绿，枝头落日摇红。小桥流水树重重。烟轻归鸟疾，花重异香浓。　　象脚舞随长鼓，铓锣声漾和风。听歌击节醉朦胧。垆边人似月，云外月如弓。

玉楼春·听风楼

楼在南湖之滨。抗战期间，西南联大部分女学生寄宿于此……

画檐犹挂当时月，曾照壮怀坚似铁。谁知婀娜女婵娟，皆是挑灯看剑杰。　　拼将沸腾一腔血，补就金瓯千里缺。登楼遥望夕阳红，往事浩茫云海阔。

《临江仙·闻一多纪念亭》

亭在南湖芳洲之上。冰心题匾："斯人宛在。"闻公《红烛》诗："请将你的脂膏不息地流向人间。"

亭外繁花燃梦，中天冷月生辉。斯人宛在水之湄。断无奸佞过，为有好风吹。　难忘如磐风雨，一腔血染缁衣。曙光初露惹深悲。千秋流烛泪，万代仰丰碑。

《渔家傲·万亩石榴园》

蒙自甜石榴名传遐迩。城南石榴万亩，春夏花发，如火如荼……

深入榴园吾忘我，浓荫滴翠烟云裹。枝上花燃千万朵。微风过，骤然掀动燎原火。　把酒临风花下坐，枝头时有飞花堕。巧笑红裙飘婀娜。歌远播，这边唱了那边和。

《风入松·观妻子放风筝》

儿歌小曲闹春光，花醒鸟梳妆。纸鸢展翅随风起，渐飘过、绿树红墙。人醉先由心醉，线长难比情长。　　天高地远任飞扬，云海正苍茫。静观妻子陶然乐，全忘却、鬓上星霜。暮色催人归去，远山淡抹斜阳。

1998 年 3 月 18 日

《金缕曲·读霍松林先生唐音阁歌行》

　　一寸心如铁。记当年、黄流乱注，地维初绝。小试锋芒腾五彩，腕底惊湍碧血。听万里、旌旗猎猎。堪笑大和魂不保，竟一朝枯萎飘残叶①。诗百首，补天裂。　　神州高挂团圞月。叹宝刀、英雄不老，满头飞雪。欲以鸿篇凌百代，对酒高歌击节②。看起舞、中流鼓楫。万丈龙光冲牛斗，向长天吞吐皆虹霓。雨后笋，正蓬勃。

2000 年 1 月 12 日

---

① 《卢沟桥战歌》："竟使强虏心胆裂，一夕丢尽大和魂。"
② 《长安诗词学会成立放歌》："时代风云越汉唐，应有鸿篇凌百代。"

《金缕曲·三峡屈原祠》

　　断壁长虹挂。正清秋、流云西卷，大江东下。万树霞红秋无际，满目江山如画。帆影送、竹枝潇洒。琴瑟悠扬山鬼过，尽云为广带风为马。流韵远，漫山野。　　黄钟毁弃雷鸣瓦。问离骚、冰心一片，有谁知者？坠露落英清而婉，堪恨曲高和寡。虽九死、痴情难罢。我草汨罗招魂稿，听高江急峡风雷咤。天柱折，怒潮打。

2000 年 9 月 11 日

《金缕曲·重登黄鹤楼》

　　更上层楼去。倚危栏、云横九派，浪摇吴楚。黄鹤白云过无影，但剩迷离烟树。不忍问、登临意绪。柔橹如歌云帆远，听秋声呜咽生南浦。沉夕照，起孤鹜。　　江潮澎湃催金鼓。忆当年、中流击楫，浩歌起舞。万丈豪情燃似火，走笔虹霓吞吐。休道是、霜销媚妩。斫取潇湘清瘦竹，且持之闲钓今和古。托旅雁，寄金缕。

2000 年 9 月 26 日

《金缕曲·《中华诗词》十周年试笔》

　　大纛凌霄拂。共弘扬、炎黄风雅，楚骚余烈。十载耕耘春满苑，破土诗魂拔节。任坎坷、中心如铁。夺目千红兼万紫，看大江东去涛飞雪。高格调，重开掘。　　青枝老干花争发。听悠悠、新翻杨柳，绾云追月。更上层楼抬望眼，日照长河如血。笑千古、风流人物：诗路仄平平仄仄，问那如当代云天阔。鹏正举，浪千叠！

2004 年 5 月 22 日

玉楼春·恩施九首

玉楼春·恩施大峡谷

诗怀浩荡诗潇洒，快览云扬飞瀑泻。崖悬万丈削如刀，岭涨狂澜奔似马。　　花妖狐媚纷纷下，期与同游终作罢。黯然我欲赋招魂，落笔风雷听叱咤。

玉楼春·腾龙洞

土花冷艳蛟龙伏，太古珊瑚青且绿。鲛人珠泪结猩红，巴楚编钟悬鬼哭。　　清江直下风云逐，浩浩雷奔声裂谷。神来走笔气萧森，寒压江南吞塞北。

玉楼春·坪坝营原始森林

饱餐秀色原生态，绿涌云崖涛似海。放飞浪漫杜鹃红，邂逅罗敷眉扫黛。　　逍遥顿悟恶乎待，且自披襟成一快。试倚老树听年轮，果有情歌飘五彩。

玉楼春·百里橘柚长廊

九歌又听飞山后，百里长廊悬橘柚。湘灵瑟鼓女萝青，山鬼砚磨秋月瘦。　　后皇嘉树今红透，装点山乡铺锦绣。踏歌人挽彩云归，鼓棹倚箫香染袖。

玉楼春·梭布亚石林

谁将娲石移丘壑，万古嵯峨撑碧落。今从云外赏嶙峋，应记当年皆灼灼。　　堪惊生态桃源若，鸟唱泉歌萦日脚。女儿会上听桃夭，顿觉此身欣有托。

玉楼春·大水井

飞檐挂日凌霄起，星汉回环嗟仰止。何须寻梦问源流，一脉绵延唐姓李。　　槐荫井蓄云根水，见证百年兴废史。试斟一勺品荒寒，中有桑田沧海味。

玉楼春·土司王城

时空隧道通今古，幻化神工兼鬼斧。土司钟鼓接洪荒，云海苍茫星月吐。　　年轮倒转风和煦，百鸟间关鸣碧树。汉疆碑石记渊源，读罢烟峦飞细雨。

玉楼春·陈连升铜像

曾观沧海伤心碧，落木萧萧秋瑟瑟。虎门鼙鼓咽寒潮，子弟三千齐死国。　　黄金铸就英雄色，如此江山标胜迹。一杯酒烈酹清江，走马犹能掀霹雳。

玉楼春·土家摆手舞

金翻稻浪同一割，斩将夺旗威烈烈。万人摆手动山河，征战农耕齐唱彻。　　土家小伙英风发，山寨姑娘花绰约。长街舞罢月儿圆，共听江奔涛卷雪。

2010 年 3 月 14 日于京华说剑楼

《鹧鸪天·武陵八首》

甲午中秋，余应邀远赴黔江武陵源诗会，爰得小词数阕，总题武陵琴趣。嘤其鸣矣，遥寄天涯……

鹧鸪天·昆明至黔江机上作

一翅扶摇趁嫩凉，携将余勇过黔江。谁家三脚猫欺虎，何处孤巢枭吓凰。　　秦恍惚，汉荒唐，无弦琴上梦飞扬。武陵深处无今古，道在桃花深处藏。

鹧鸪天·中秋夜读桃花源记

花雨缤纷一棹过，武陵深处忆秦娥。云埋啼血三年碧，梦觉流光一刹那。　　溪婉转，树婆娑，清风明月本无多。且忘秦汉那些事，来听巴人劝酒歌。

鹧鸪天·武陵源中秋步月

一记桃源幻亦真，数枝艳照石榴裙。遥望河汉波千叠，犹挂秦时月一轮。　　人绰约，梦缤纷，湘灵瑟鼓酒杯温。云边凋落流星雨，知是花魂是鸟魂。

鹧鸪天·武陵山中与幽人对酌

寻梦苍崖问杜鹃，青瑶棋局未全删。谁家翠羽歌如翦，何处黄鹂溜的圆。　　杉挺绿，瀑飞寒，者番呼酒上烟峦。且将红叶题秋籁，寄与伊人仔细看。

鹧鸪天·黔江濯水古镇品茗

唤醒沧浪梦一泓，兼葭秋水四围青。苍凉可以舒吾目，澄澈应能濯我缨。　　乘暮色，洗茶铛，松毛娲火煮流星。一杯饮罢天高远，一寸心同秋月明。

鹧鸪天·过武陵香山寺

朝听泉吟暮听松，伽蓝钟鼓白云中。霞生雁翅悬秋碧，崖泻藤萝挂浅红。　　知妙有，悟真空，须臾细雨刹那风。回眸忽见听经石，上有诗题一叶枫。

鹧鸪天·溪洞悬棺解读

犹梦东山夜枕戈，眉间豪气未消磨。荡胸急峡雷霆斗，决眦危崖鹰隼过。　　头怒掷，又如何，漫天风雨压寒波。一杯且对流云酹，化作招魂金缕歌。

鹧鸪天·黔江小南海

吐纳星光日月明，鱼龙歌啸共潮生。三千尺浪拍娲石，九万里风起健翎。　　珠有泪，草无名，诗敲步出夏门行。试听古木年轮转，中有扶摇击水声。

金缕曲·张结老八十华诞用刘征老师韵

　　仰望青青树。挺虬枝、梳风缩日，阅人无数。根扎神州千百丈，广采月华朝露。问几度、扬花飞絮。历尽风寒兼雨骤，更轩昂挺拔青如故。枝上有，彩云渡。　　我曾苦觅惊天句。对青苍、精神澡雪，恍然神悟。且看根深枝叶茂，直立擎天一柱。频拂面、春风和煦。吞吐霓虹存正气，是好诗都在情深处。试落笔，有神助。

2009 年 6 月 24 日于京华说剑楼

《水调歌头·听歌》

己丑七夕，刘兄育新招饮京华西贝莜面村。该村歌手高歌《黄土高坡》《山丹丹开花红艳艳》《蓝花花》诸曲。其调苍凉，撼人心魄。同赏者嫂夫人吴琛、兵团王瀚林、红河学院白云李咏兰伉俪、文化部韩沫。

一曲撼心魄，黄土唱高坡。披襟八面风来，都是我的歌。崖畔山丹丹艳，梦里蓝花花俏，荡气压长河。怕听走西口，老泪已无多。　　溪婉转，柳婀娜，月婆娑。花儿年少，伊人秋水涨秋波。岂只行云响遏，真个天惊石破，虹霓挂心窝。兴发思题壁，莫问夜如何。

2009 年 8 月 27 日于京华说剑楼

鹧鸪天·乾陵无字碑

无字碑寒挂碧云，遥天一隼拍黄昏。蛾眉曾压春宫媚，牙爪空言胜负分。　　知后果，证前因，梦回验取石榴裙。当时歌哭哪堪听，且对苍茫酹一樽。

2009 年 11 月 23 日

鹧鸪天·乌苏里江泛舟遇雨

　　白发萧骚对逝川，棹歌一曲破秋寒。如蓝江水歌郭颂，啼血鹃声记故园。　　江婉转，岭连绵，漫天风雨掣狂澜。茫茫彼岸伤心碧，且作他乡风景看。

鹧鸪天·兴凯湖步月

若有人兮带女萝,凄然一笑涨秋波。高山流水知音少,玉露兼葭旧梦多。　烟浩渺,月婆娑,流云闪闪数星过。紫箫红袖吹幽怨,一曲相思两鬓皤。

2010 年 8 月 22—27 日于北大荒

鹧鸪天·遂昌汤显祖纪念馆

来听云林啼血声，惊魂一曲牡丹亭。情天谁补痴和爱，恨海难填死与生。　如梦令，雨霖铃，萧条庭院一灯明。吟边人亦伤心者，岂独伤心是小青。

鹧鸪天·甲午初夏雨中游瓯江

江心屿约吴帆女史同赋

小记：江心屿樟榕合抱，一体浑然。其干老苍，其冠蓬勃，树龄八百年。噫！天意玄冥，真无奇不有，无所不能也。

来觅相思一梦遥，千堆雪卷浪滔滔。风回细雨闲愁浣，语软吴侬块垒消。　　三五夜，尺八箫，此时人唱那时谣。霓裳歌罢数峰紫，我有迷魂不可招。

苦雨袭人寒不禁，共携锦瑟到江心。魂招谢客千帆举，树合樟榕一梦沉。　　生碧草，变鸣禽，人生难得是知音。那时花影那时月，但向瓯江那畔寻。

甲午初夏草于瓯江之滨

《巫山一段云·和继梅》

携手南湖畔，鹃花红欲燃。信风廿四一番番，那水那微澜。
帘外潇潇雨，眉梢淡淡烟。缠绵梦窄酒杯宽，那月那巫山。

2014 年 7 月 15 日

附：继梅原玉

记否瓯江畔，依稀四月天。那花那影那云烟，细雨小桥边。
几度黄昏后，登高莫倚栏。那情那景那风帆，一去万重山。

浣溪沙·和片云楼主中秋赏花三首

翠涌阳台竹雨青，山茶初蕾忒多情。衣香人影不分明。
时有深红惊蝶梦，且将淡紫入茶铛。一帘秋艳涨秋声。

觅句登楼趁嫩凉，碧螺杯子酌花光。杜鹃烂漫菊枝黄。
灯火阑珊青玉案，兰舟容与贺新郎。琵琶半面拨斜阳。

帘隔清秋高处寒，寸心长在白云间。举杯邀月影成三。
一抹幽香浮桂子，数枝红艳绽山丹。漫歌水调问婵娟。

2014 年 9 月 8 日

附：片云楼主原玉

春亦橙黄秋亦红，片云花韵四时同。吟边二十四番风。
鹃火燃霞鱼弄影，桂香沁梦月流空。画眉误入小词中。

梦觉山茶一朵燃，放飞明艳破高寒。月移花影上朱栏。
帘卷松风云浩荡，泉鸣篁竹梦缠绵。秋红寄向白云边。

桂子飘黄促酒醒，了无声处是秋声。寸心一片玉壶冰。

闲话苔痕侵梦绿，静观草色入帘青。倚栏小坐酌新晴。

鹧鸪天·携修静艳娥放歌游屏边水塘坡

　　来听云边雀舌喧，石榴裙子扫秋寒。半山雾掩一泓梦，一片红摇半面山。　　溪婉转，鸟间关，两三点雨翠微烟。快门摄取拈花笑，留待他年仔细看。

丙申年中秋于滇南说剑楼

鹧鸪天·游蒙自启园二首

一

短信相邀半日游，无边丝雨浣闲愁。小亭焦尾吟红袖，大坝平湖起白鸥。

云淡淡，梦悠悠，长空雁唳一声秋。欲题蕉叶寻诗眼，诗在格桑花上头。

二

歌踏清秋香径斜，伊人小坐试琵琶。鸟争击翅穿云水，弦拨投桃报木瓜。

栀子雪，格桑花，红红白白满枝丫。双红豆子红酥手，紫玉箫吹苏幕遮。

2017 年 10 月 14 日于滇南说剑楼

附：艳娥步韵二首

一

野鹤闲云相伴游，浮生半日暂忘愁。一帘蕉雨一坡露，数片流云数点鸥。

花灼灼，水悠悠，新开小菊不知秋。且邀陶令寻诗去，诗在芙蓉梦里头。

二

翅挂秋声雁字斜，共来湖畔听琵琶。蒹葭采采凝寒露，环珮丁当投木瓜。

朱木瑾，紫薇花，花光灼灼照枝丫。花前细品黄滕酒，更拟新词苏幕遮。

2017 年 10 月 15 日于滇南听云楼

一剪梅·和听云楼

芦雪飞扬冷不收。往事如歌，弦月如钩。枫林野渡自横舟。一叶帆孤，一抹云浮。

却道天凉好个秋。三叠阳关，裘马甘州。半江瑟瑟夕阳流。将浣闲愁，又起新愁。

2018 年 3 月 8 日

附：听云楼主原玉

怕见苍青星汉流。倚枕无眠，冷月如钩。自斟一盏桂花秋。一朵云飞，一缕香浮。

巫山烟雨木兰舟。杨柳新翻，帘卷闲愁。小词归雁听云楼。思也悠悠，梦也悠悠。

2018 年 3 月 8 日

《鹧鸪天·石河子诗词学会三十周年走笔》

叱咤喑呜曲未终，梨花雪阵大旗红。奔雷掣电捯诗稿，铁马冰河入梦中。　　三十载，太匆匆，涛声依旧月朦胧。石榴消息传青鸟，吟到瑶池句自工。

2019 年 8 月 30 日

附：艳娥《临江仙·石河子诗词学会三十周年试笔》

二十四番花信，红翻卅载春潮。雄边一杆大旗飘。射雕争试手，喝月马萧萧。几度离骚歌罢，梦追万里扶摇。夜光杯子约良宵：滇云堪煮酒，诗挂绿芭蕉。

《鹧鸪天·昆明周崇舜兄画展走笔》

呼酒浇除块垒胸，潇潇墨泼岭青葱。竹梢归燕参差紫，枫叶如花烂漫红。篱畔菊，涧边松，刹那疏雨刹那风。天涯海角春消息，都在周郎画稿中。

2019 年 3 月 27 日

《浣溪沙三首》

一

软语茶香未肯消，梦追水远共山遥。嫣然一朵美人蕉。

何处莺声歌水调，谁家玉笛抚良宵。凭栏怕听念奴娇。

二

莫对落红赋悼亡，人生禁得几回肠。萋萋芳草路茫茫。

独倚斜晖情脉脉，细寻残梦泪行行。知音得一岂寻常。

三

说剑抚箫共试茶，回眸一笑绽心花。去年天气浣溪沙。

不忍酒醒红豆树，相思债欠女儿家。春风秋月梦交加。

2018 年立春日草于滇南说剑楼

第二辑

说剑楼诗稿

立春八首

春归南国早，云岭绣成堆。
微雨双飞燕，清风一剪梅。
谁家歌婉转，何处梦低回。
红袖知酒渴，捧来鹦鹉杯。

春寒忒料峭，炉火映窗纱。
绿蚁香浮月，紫箫声入霞。
洗心存妙悟，煮雪试新茶。
因念溪山晚，鹃啼缅桂花。

遥寄陇头客，东风第一枝。
骑驴觅诗处，呼酒对歌时。
豆蔻霏霏雨，芭蕉猎猎旗。
殷勤春信息，报与美人知。

春思理还乱，香残睡起初。
紫烟斑竹泪，青鸟故人书。
肾补三鞭酒，诗驮一匹驴。
无弦琴自弄，莫问夜何如。

记否踏青日，悠悠野兴长。

双溪波渐暖，一榻梦初凉。

玉笛抚花露，春潮涨月光。

秋千悬寂寞，风过有余香。

云烟生万壑，潋滟转朦胧。

溪柳缠绵绿，山茶烂漫红。

有声即天籁，无处不春风。

一寸心蓬勃，都藏小蕾中。

听鸟呼春雨，凭栏生浩叹。

有才皆寂寞，无梦不凋残。

且把琵琶引，携来高处弹。

楼台花热烈，又吐一枝丹。

子夜披衣起，春声破寂寥。

一枝寄梅雪，三叠拨芭蕉。

短笛吹残梦，长歌忆断桥。

参差竹弄影，风雨又潇潇。

2016 年 2 月 4 日于滇南说剑楼

《听云八首》

掩卷听云处，推窗片月明。
天风落星雨，银浦起涛声。
影弄花千叠，香浮梦一泓。
小词新草就，调寄踏莎行。

群岭涌苍翠，筝调子夜歌。
好风抚梦暖，秀色入帘多。
云外重阳约，吟边一鸟过。
双红豆子树，灼灼照山阿。

好雨春红湿，东风又一枝。
听云落桂子，听鸟唱相思。
知己本难得，痴情不可医。
闲愁理还乱，花下立多时。

一鸟啁啾过，蓝翎挂夕阳。
荡胸云出岫，侵梦竹敲窗。
拗峭诗韵险，朦胧山月凉。
心灯长不灭，吟到菊花黄。

登楼舒远目，翠耸暮云深。

古木发新蕾，新声出古琴。

试茶烹秀色，制曲寄知音。

明月来相照，一帘霜雪侵。

尘外清风淡，幽幽曲径通。

吟边人绰约，春晚梦朦胧。

燕语明如剪，月痕悬似弓。

高枝花吐艳，一朵女儿红。

开樽销块垒，邀月影成三。

息念斗横北，听秋雁向南。

诗敲红叶雨，砚洗白云潭。

银汉千帆过，帆拖一线蓝。

不耐吟诗苦，添香且听云。

残红飞一片，新绿涨三分。

佳句真难得，希声或可闻。

月来花弄影，桂子落纷纷。

2016 年 3 月 2 日于滇南说剑楼

《滇西八首》

丽江古城

旧梦苍苔积，曾经风雨挝。

依稀红烂漫，恍惚绿交加。

云破一弯月，溪翻万道霞。

秋千悬软语，荡过玉兰花。

嵌雪楼

春归楼嵌雪，重上又斜阳。

那朵花犹艳，当时月正凉。

凭栏云漫卷，纵目梦飞扬。

莫倚萧萧竹，星寒夜未央。

洞经古乐

卷起千堆雪，云锣十面圆。

青摇紫薇舞，红绽鹧鸪天。

雨细风敲竹，潮平月满船。
曲终不忍问，今夕是何年。

情人谷

相携赴幽谷，一死痛全删。
瀑挂春风绿，云飞秋月圆。
梦如歌不老，花似火长燃。
回首来时路，仓鹚啼紫烟。

泸沽湖

弄舟叩寒碧，气爽寸心明。
山色四围秀，云帆一叶轻。
烟涛拍诗稿，雁翅挂秋声。
浪底鱼龙哭，知是晚潮平。

走　婚

夜袭好身手，摩梭旧俗存。
飞檐兼走壁，入户不经门。
听说那些事，能销月下魂。
廉颇数遗矢，未走一回婚。

香格里拉

海拔三千米，来听风雨挝。

酒邀射雕客，目纵漫天霞。

篝火同看剑，酥油共试茶。

姑娘名卓玛，一朵格桑花。

蓝月谷

满谷玛尼垒，青苍起翠岚。

禅灯明彼岸，愿景系经幡。

云淡星流雨，声寒瀑挂潭。

心空空即色，一片月蓝蓝。

2016 年 2 月 14 日情人节于滇南说剑楼

川北七首

返 乡

五十年前月，长随客梦孤。
江潮涨依旧，蓬鬓望全殊。
玉笛喷霜竹，秋声掠井梧。
且斟桂花酒，听唱美人虞。

陈子昂读书台

登高拾遗响，山色莽苍苍。
溪雪茶初涨，竹梢风渐凉。
层台古调绝，豪唱正声扬。
忽忆幽州事，幽思接浩茫。

剑门关

林涛奔万马，剑气射崔嵬。
危栈千秋恨，雄关万壑雷。

潭深龙未醒，蕾小梦初开。

有客题红叶，骑驴唔唔来。

剑阁品茗

共倚萧萧竹，听茶看雨飞。

山深无俗鸟，雷淡有余威。

鹃血三年碧，秋云一雁归。

闲聊汉唐事，燕瘦又环肥。

李白故里一

诗压唐四季，俯看群岭低。

恨随风雨作，名与少陵齐。

月下歌千首，都云是醉题。

吧台久不见，空了浣花溪。

李白故里二

独得江山助，闲愁一扫开。

梦随明月去，狂趁好风来。

诗剑真双绝，庄骚共一杯。

夔门号子响，知是挂帆回。

过华釜山

华釜春晼晚，来吊未归人。

何处泰山重，谁家主义真。

无端调锦瑟，有泪哭斯民。

纪念碑坚挺，孤寒挂一轮。

2016 年 2 月 22 日元宵节于滇南说剑楼

《石榴八首》

万亩石榴一

万亩霓霞涌，新晴一望收。
花燃西域梦，果压汉唐秋。
碧落来青鸟，红裙拖石榴。
间关莺语滑，余韵忒悠悠。

万亩石榴二

榴花堆万亩，薄暮紫烟封。
弄影谁横笛，登楼人倚风。
天涯千里梦，雁唳一声红。
老干看坚挺，高悬月似弓。

媚娘石榴一

支离憔悴日，思绪又纷纷。
冷雨飘落叶，寒灰拨篆文。

青衔云外鸟，红验石榴裙。

一曲歌如意，歌残更忆君。

媚娘石榴二

看朱渐成碧，见证月如梭。

有酒对花谢，无心看鸟过。

榴红春梦少，眉淡泪痕多。

江上琵琶曲，都弹如意歌。

贵妃石榴一

华清池畔树，千载梦犹温。

蓬勃三秋果，缠绵九曲根。

红翻深不测，星坠了无痕。

七日长生殿，谁招月夜魂。

贵妃石榴二

一轮大唐月，朗照五间亭。

榴树贵妃种，千年叶尚青。

根蟠安石土，梦湿雨霖铃。

怕过马嵬驿，鹃啼不忍听。

义山石榴

月明调锦瑟，青鸟信难通。

夜雨巴山涨，枯荷蝶梦空。

寂寥金烬暗，消息石榴红。

一树无情碧，青苍待好风。

半山石榴

午窗残梦醒，倚杖自沉吟。

榴焰非春色，莺歌是好音。

绿肥红一点，紫淡碧千寻。

曲径通幽处，月移花影深。

丙申榴月端午于滇南说剑楼

哈尼梯田八首

　　哈尼梯田高挂云南元阳哀牢山南，千山万岭，沟坎石罅，层层叠叠，直接云天。史载：哈尼人经一千三百余年之辛勤开垦，方造就此旷世奇观。癸巳五月，元阳哈尼梯田列入世界文化遗产名录。

追寻千古梦，来访哈尼山。
情绕多依树，花燃野杜鹃。
一泓秋色老，万道月牙弯。
薄暮霓霞赤，苍崖落日圆。

溪喧隔篁竹，群岭矗云屏。
水印一轮月，风飘数粒萤。
哈尼人不老，山寨梦长青。
万壑含晚籁，于无声处听。

梯田千万叠，快览上秋崖。
歌趁斜晖起，马驮新韵来。
题诗采红叶，寻梦拂苍苔。
月下多依树，相邀走一回。

梯田似梯挂，直上白云中。

春暖秧针绿，秋高稻梦红。
蘑菇房子右，花骨朵儿东。
且以茶当酒，长歌八面风。

惊涛奔雾海，澎湃起心潮。
瀑落雷霆斗，云飞星汉摇。
鸾车过山鬼，玉笛抚花妖。
红日轰然出，霞光久不凋。

双双红豆子，灼灼梦秋温。
都说枝头露，分明是泪痕。
山阿时吐月，溪畔且招魂。
篝火焖锅酒，凭栏酹一樽。

约会海棠月，巴乌对月吹。
深沉象脚鼓，温婉葫芦丝。
花恋多依树，梦萦红豆枝。
歌谣唱哈瑟，人在水之湄。

闲来访秋霁，共趁梦凉初。
云树悠扬鸟，梯田泼刺鱼。
词填百字令，雁篆一行书。
归插满头菊，此行真不虚。

2016 年 12 月 4 日于滇南说剑楼

秀山洞经古乐十二韵

老子五千言，希声说大音。秀山存逸韵，元气入瑶琴。泉过佩环响，香浮曙色侵。依人鸣小鸟，击节发长吟。风软花枝展，波寒璧影沉。空明堪醒目，澄澈可清心。浪卷江奔海，霜流月漫林。峰高松竹挺，水远暮云深。底蕴真难测，幽怀岂易寻。间关莺婉转，呜咽境萧森。细品悟玄妙，慎思通古今。嗒然吾忘我，苍翠染衣襟。

2007 年 6 月 27 日

❮ 听 筝 ❯

　　丁亥端午后六日游抚仙湖，下榻阳光海岸，因与振荣、力夫同赴"三和齐缘"品茗听筝。冯乔会女史为抚《渔舟唱晚》《春苗》《泼水》《竹排》诸曲，其声悠远，其神清扬。听罢身心两畅，意兴遄飞，真不知今夕何夕矣，特赋长律以记之……

　　抚仙湖畔月，滟滟漾清辉。有女抱筝至，含情信手挥。渔舟听唱晚，雁阵看征西。浪打寒鸦起，秋来白发欺。流萤过数点，浪雪涌千堆。袅袅烟浮柳，萧萧叶落溪。阳关呼进酒，南陌痛牵衣。指上玄机妙，弦中变化奇。春苗争破土，红豆竞登枝。细雨霏霏下，和风缓缓吹。悠悠飘牧笛，滚滚走惊雷。偶上竹排望，时闻玉鸟啼。桃源树先绿，乌巷燕初回。曲罢鸡声动，人归遐思飞。知音自古少，解味从来稀。除恨谁家剪，浇愁何处杯。江河九曲水，难挡此心痴。且赋断肠句，那需绝妙词。挑灯书怅惘，和泪寄相思。搁笔推窗望，纤纤月似眉。

　　　　　　　　　　　　　　　　2007 年 6 月 28 日

《南湖组歌》

　　蒙自南湖开凿于朱明嘉靖三十一年，迄今已近五百寒暑，惨淡经营，终成大器。游湖鼓棹，追梦踏歌。清秋月朗，阳春风和。台榭听雨，虹桥卧波。汀花绰约，岛树婆娑。大有赏心悦目之功，尤多启智畅神之趣，真南滇胜景也。倭寇侵华，联大西迁，文法学院暂驻南湖之滨。女生宿舍取放翁诗意，名听风楼。学子创南湖诗社，闻一多、朱自清诸先生皆为诗社导师。丁酉端午，曳杖清游，抚今思昔，盎然生感。因击节歌之，总题十七拍，遥寄天涯……

闻一多

　　山河破碎月如钩，兀坐阳台冷不收。
　　鹃血三年尽寒碧，楚骚九死岂闲愁。
　　斯文都说再思可，夫子何妨一下楼。
　　红烛泪燃汨罗恨，归帆欲钓洞庭秋。

　　注：一多先生曾号何妨一下楼主。

朱自清

　　晚霁南湖一望中，荷塘月色正朦胧。

山河百二多危难，子弟八千歌大风。

缅桂花开真馥馥，流星雨落太匆匆。

地平线上留背影，瘦骨铮铮声似铜。

注：《荷塘月色》《匆匆》《背影》皆佩弦先生散文集名。

南湖诗社一

结社南湖潋滟波，时艰不废是吟哦。

西寻娲火千秋焰，北上旌旗万里歌。

块垒胸中凭酒扫，霜锋月下倚光磨。

满江红唱满腔血，忍听云边一雁过。

南湖诗社二

骚雅千帆信可追，正声腾涌水之湄。

敲诗气壮凌云笔，泼墨涛惊洗砚池。

细读鱼翔归妙悟，静观萤过起遐思。

关山戎马迷望眼，且把东风寄一枝。

南湖诗社三

欲倚新声寄踏莎，动人春色小湖多。

一船青梦鱼吹浪，半亩红声雨打荷。

携手听莺箫婉转，持竿钓古月婆娑。

凭栏忽忆关东雪，五十弦翻出塞歌。

听风楼一

云楼月照女儿红，铁马冰河入梦中。
一鼓破倭旗猎猎，万言草檄火熊熊。
横磨霜雪屠龙剑，力挽狂澜射日弓。
寸土必争齐赴死，墓碑坚挺岭青葱。

听风楼二

漫天风雨夜阑听，梦破辽西是此声。
易水涛寒云愤怒，松花江涨马长鸣。
八千子弟歌秋瑾，卅万冤魂哭旧京。
呼酒欲同放翁酌，一灯红照晚潮平。

听风楼三

烟汀小径曲通幽，杨柳新翻忆旧游。
浪打噌吰千叠梦，梦追惨淡半轮秋。
双红豆寄东征马，一剪梅歌北望楼。
云海苍茫关塞黑，射雕声在黑山头。

南湖一

无端锦瑟拨桃夭，波底霞堆似火烧。

能濯吾缨新涨足，欲燃君梦艳红摇。

迎春花唱报春鸟，问竹轩通吟竹桥。

最是烟亭多别趣，软风丝雨听芭蕉。

南湖二

澄湖浪打雪千堆，鼓棹追鱼亦快哉。

弄影花闲开且落，依人鸟小去还来。

古榕树掩霏霏雨，普洱茶斟滟滟杯。

题罢芭蕉一长啸，呼朋沽酒上高台。

南湖三

月来云破觉船移，轻解罗裳漱玉词。

笛里微澜羽衣过，花间私语鹧鸪知。

淋漓佳句捕春水，婀娜新声播画眉。

更喜好风真给力，一篙点破碧琉璃。

南湖四

蛙鼓沉沉促酒醒，扶筇直上浣云亭。

半篙舒缓撑孤月，一鹭安闲立晚汀。

蕉影心旌齐猎猎，诗苔竹梦两青青。

琼楼正唱杜郎曲，卧看牵牛织女星。

南湖五

日暮风平生紫烟，云边鸽哨听盘旋。

放飞浪漫襟怀畅，拾得啁啾鸟语圆。

欲酌流光浇块垒，漫歌水调问婵娟。

观澜渐悟鱼之乐，独枕涛声倚石眠。

南湖六

平湖旧梦苦追寻，拍遍栏杆日渐沉。

遥望流星下云岭，静观苔色上衣襟。

菩提自悟息尘念，秋月孤圆证本心。

难得浮生闲半日，一竿瘦竹钓清深。

南湖七

子规声里读招魂，且对晴湖酹一樽。

雏鸟初鸣语青涩，长竿欲钓月黄昏。

何处深红惊蝶梦，谁家淡紫寄云根。

嶙峋娲石骨苍老，上有鲛人珠泪痕。

注：少陵折腰体。

南湖八

护花铃响小舟轻，潋滟斜晖照眼明。

万顷澜微鱼梦稳，一痕云淡寸心平。

玄机多自不言见，妙境常于无处生。

闲坐听红亭子北，茶经羽扇读新晴。

南湖九

半规月挂傲寒枝，空里流霜不可追。

小鸟都来肩上语，好风齐向鬓边吹。

又逢倚竹吟秋客，正是围炉听雨时。

一朵相思红入梦，梦中人在水之湄。

2017 年端午于滇南说剑楼

《杨金亭先生《虎坊居诗草》内无题甚夥亦忧伤亦美丽颇得玉溪风神读之怆然不能自已因和十章遥寄京华》

一

孤怀烛泪旧曾谙，忍听阳关曲叠三。

云海苍茫啼杜宇，情丝缱绻吐春蚕。

香山拾级赏青翠，湘水横舟忆湛蓝。

长抚无弦琴上月，庄生蝶梦得详参。

二

栏杆拍遍短长亭，难解胸中未了情。

几处莺歌春蕾绽，谁家云破月华明。

枝头红豆因愁发，天际奔雷挟恨鸣。

逝者如斯长已矣，危楼独坐听秋声。

三

踏花携酒上层楼，独自凭栏品暮愁。

锦瑟难消蓟北苦，琵琶欲拨洞庭秋。

采莲横笛吹红袖，寻梦开箱验石榴。

风雨鹃声司马泣，无端齐压木兰舟。

四

怕叩空山雨后苔，凤凰琴响播余哀。

窗前冷月缺难补，眉上愁云扫不开。

剩有丁宁分寂寞，恨无消息到泉台。

清明时节荒原翠，携取轻寒入梦来。

五

又是浅斟微醉时，无医可治寸心痴。

纷纷弄影花如雪，脉脉窥窗月似眉。

易水雁回寒入梦，湘灵瑟鼓夜投诗。

离愁难理乱还理，且把秋红寄一枝。

六

从来才命两相妨，一别音容归渺茫。

堪恨春芳无久碧，重温遗墨有余香。

清风杨柳梦难稳，细雨梧桐夜未央。

纵不思量岂能忘，弦月如眉照虎坊。

七

拍岸秋潮寒不禁，谁家幽怨抚瑶琴。

望中云破流星坠，波底光摇璧影沉。

疑月窥帘知梦窄，听歌怀旧悟情深。

鹧鸪天暗孤帆远，独酌残杯助苦吟。

八

无望今生得再逢，砌成此恨一重重。

月残海角焉能补，肠断天涯那可缝。

漫下画帘掩秋色，慵将彩笔写春浓。

不眠长夜非关病，为听寒山一杵钟。

九

休道相思寸寸灰，且看紫燕送春回。

红酥手草钗头凤，玉簪秋歌一剪梅。

洛浦惊鸿翠袖薄，瑶池晓镜绿云堆。

最喜物华添媚妩，落霞孤鹜夜光杯。

十

稼轩豪气压当时，俯视须眉漱玉词。

曾羡鲁齐多俊彩，今看蓟北挺高枝。

春心有托鹃啼血，蝶梦难凭蚕吐丝。

千古无题奔后浪，义山锦瑟虎坊诗。

2008 年 6 月 8—10 日

《登高八首》

高丘有女醉时醒，读破红尘万卷经。

何必长歌悲白发，者番健步上苍冥。

三千水弱杜鹃紫，廿四风和杨柳青。

草罢新词云外唱，要招山鬼梦边听。

白云一片去悠悠，绝顶孤寒冷不收。

翠羽关关歌秀色，黄花灼灼照清秋。

吟鞭指点尘嚣外，遐思放飞天尽头。

回望平湖波浩渺，烟帆高挂木兰舟。

携取七弦西蜀桐，歌呼来拨快哉风。

三千水击南溟碧，尺八霜吹烟树红。

汗漫云扬高且远，刹那神悟静而空。

重阳欲扰伊人梦，遥寄新题一叶枫。

人云有鬼唱山阿，衣薜荔兮披女萝。

日挂虬车旗结桂，响回花树鸟穿梭。

何须沽酒煮三国，且自烹茶听九歌。

望里辉煌夕阳下，云边又见月婆娑。

群山尽小胆开张，八面风来入羽觞。

悬瀑惊雷听浩荡，流云野鹤看飞扬。

且歌古调花间曲，聊发老夫今日狂。

鬓插嫣红秋一朵，为君持酒劝斜阳。

无端锦瑟五十弦，携向霜秋高处弹。

浪拍苍崖云浩浩，书传青鸟路漫漫。

谁家珠泪三年碧，何处春心一寸丹。

珍惜梦中红豆子，从今不教梦凋残。

短笛无腔自在吹，轻寒漠漠雁先知。

又逢倚竹吟秋处，正是扪松听雨时。

云外凤箫曾抚梦，梦边蕉叶好题诗。

婵娟千里如相问，且把霜红寄一枝。

当时明月彩云飞，曾伴伊人踏翠微。

共赏烟霞孤鹜落，同披花影满身归。

淋漓佳句捕秋水，婀娜新声弄夕晖。

因念枫林红叶暮，婵娟又着女萝衣。

癸巳重阳作

《古稀小唱八首》

酒边莫问夜如何，七十年轮一刹那。
太息旧游相见少，唏嘘老泪已无多。
帆悬花骨朵儿梦，梦挂石榴裙子歌。
暂忘鬓霜飞似雪，登楼共赏月婆娑。

登楼追梦日垂西，长忆春江水暖时。
四野紫归王谢燕，一灯红照纳兰词。
依稀羌笛阳关曲，恍惚巫山杨柳枝。
不忍抟风奔玉宇，伊人宛在水之湄。

鹏抟直下大江东，云雨高唐客梦中。
两岸青摇千叠浪，三巴红涨一帆风。
时舒时卷阴阳合，亦幻亦真歌哭同。
人近古稀不逾矩，惊天号子渐朦胧。

往事朦胧一叶飘，莽原踏月马萧萧。
瑶池浪打千秋碧，雁足书传万里遥。
丝路驼铃沉似梦，梨花雪阵涌如潮。
图南击翅过云岭，豪气温情两不凋。

曾以温情暖艺林，暮年诗境近萧森。

雄边冰雪追风马，急峡雷霆破浪音。

都把壮怀歌烈士，谁知纯粹是童心。

梦回苍岭花如血，五十弦翻绿涨深。

梦涨虞兮奈若何，女萝薜荔满山阿。

云边鸿雁音信少，月下鲛人珠泪多。

搞笑东施颇扭捏，浣纱西子自婀娜。

老来心境清空甚，漫把秋词寄踏莎。

踏莎紫陌梦悠扬，色色空空归坐忘。

且拨寒灰认秦火，漫歌长恨忆高唐。

放飞遐思追玄妙，寻觅初心入渺茫。

说剑楼孤远尘俗，小桃红唱白云乡。

人面桃花去不还，如歌往事未全删。

再三入梦峨眉雪，那一回眸嘉峪关。

心月孤圆人已老，酒杯渐冷鬓先斑。

焚馀诗稿时相寄，寄向滇云山外山。

戊戌重阳日于滇南说剑楼

《海南十八拍》

引子：机上作一

翅拍霞光万道红，南来欲览岭青葱。
水击三千云浩浩，荡胸都是快哉风。

观沧海一

鬓霜辉映雪千堆，云水襟怀至此开。
温情豪气如潮涌，拾得鲛人珠泪回。

观沧海二

烂漫星摇日月行，风饱云帆一叶轻。
燃犀莫照鱼龙窟，中有冤禽作恨声。

沧海楼一

扶病登楼一怅望，海天思绪正茫茫。

我有心期人不觉，要将吾足濯沧浪。

沧海楼二

二月花明豆蔻梢，片云孤鹤两相高。
开放胸怀纳天籁，海涛听罢又松涛。

三江入海口

心惊浩浩与荡荡，海风劲健海潮狂。
果是恢宏大气魄，微开一口纳三江。

万泉河漂流

小小竹排激潋波，一篙点破梦婆娑。
浪拍云根人击节，黎家唱响万泉河。

凤凰湾晚眺

渐失依稀鸿爪泥，流霞红与雪鸥齐。
往事如烟归淡定，心胸空阔日沉西。

海滨读庄子

拿云心事渐无痕，梦觉红尘酒尚温。
南海听涛读庄子，恍然我亦一鹏鲲。

东山岭

追寻千里到天涯，共赏东山豆蔻花。
更凭古榕调气息，焚香细品鹧鸪茶。

潮音寺

东山岭上白云深，一杵钟澜涤寸心。
趺坐菩提纳万境，于无声处听潮音。

椰韵

拍趁霓裳杨氏女，风摇飞燕小腰身。
比拟纷繁失清秀，黎家阿妹一枝春。

读刘征师丹青椰颂

妙喻眉山苏子笔，心仪坚挺海公名。

刚健婀娜双美并，神传阿堵是丹青。

寄东坡一

不悔南荒九死回，胸中浪打雪千堆。
黄州赤壁儋州梦，共对婵娟酹一杯。

寄东坡二

清凉海角芭蕉雨，和畅天涯椰树风。
苏髯垂老句英发，一笑哪知是酒红。

寄东坡三

十年生死江城子，暮雨朝云古惠州。
自信海南女娲石，孤高能挡海横流。

天涯海角

知也无涯生有涯，月明海上浪淘沙。
天长地久终有尽，珍重心花和泪花。

乱曰：机上作二

揽将日月入胸怀，气吐虹霓亦壮哉。

非空非有心澄澈，我与伊人看海回。

2014 年 2 月 20—24 日，三亚

抚仙湖绝句十五首

　　抚仙湖，聂耳故乡也。湖方二百平方公里，深六百尺，水质优良。湖中有孤山，杂花生树，峭壁流云，秀压沧浪。三和茶楼面对孤山，依湖而筑。楼主冯乔会女史雅擅古筝。登斯楼也，听筝品茗观潮，其乐也融融，真不知今夕何夕矣……

聂耳故居

勿听以耳以心听，面壁犹闻怒吼声。
四万万人争死国，要将血肉筑长城。

茶　歌

云崖采得一痕青，青带泉声与鸟声。
试把玉壶斟霁月，杯中果有紫鹃鸣。

渔　歌

竹枝佐酒钓烟涛，吹动瑶池碧玉箫。

一竿清瘦潇湘竹，借自扬州郑板桥。

听筝一

帘外风和澜不惊，晴光破晓梦边明。
何事心旌声猎猎，小楼红袖正调筝。

听筝二

指上深情拨性灵，勿听以耳以心听。
清泉浣梦人如月，筝抚芭蕉一曲青。

听筝三

孤山烟树碧离离，漫品三和茶一杯。
难得浮生闲半日，瑶筝细雨两听之。

晚　泳

水击三千星动摇，鱼龙歌啸涨轻潮。
梁山名号行不改，浪里赤身翻白条。

孤　山

波摇云浩荡，一岛压沧浪。
直上高寒醇，幽思接混茫。

帽天山

帽天山原为海底世界。博物馆珍藏海中生物化石，石龄六亿年。

六亿年轮一刹凋，高陵深谷证飘摇。
远来欲觅洪荒梦，小立云崖听海潮。

李家山

王洪君先生《玉溪地区文物概论》载：1972 至 1992 年间，文物考古队两次发掘李家山古墓群，共得青铜器、玉器等三千余件，断代为战国至东汉初期。古滇文化之久远与灿烂，终得实证。

古滇往事渐朦胧，物竞从来胜者雄。
破译李家山上梦，铸成信史是青铜。

笔架山

兴来呼酒欲敲诗，万顷权当洗砚池。
巨笔倚天气盖世，区区笔架恐难支。

晚眺一

晚风习习拂秋衣，闲看沉沉红日西。
牵手者番心绪好，湖边捕得句淋漓。

晚眺二

快览平湖雨后霞，登高人唱浣溪沙。
西山红日东山月，共照云崖万树花。

晚眺三

万顷波寒红日西，快哉风过觉船移。
云外瑶琴抚山鬼，一声拨动碧琉璃。

风 吆

看罢涨潮看落潮，眉尖心上梦全凋。

且任云帆逐浪去，要听风吃雨潇潇。

2013 年 5 月 26 日于三和茶楼

《八桂九歌》

三月三

歌声如瀑激春潭，唱响东山和岭南。
壮家都是刘三姐，愿景放飞三月三。

相思子

灵犀未必借春风，误入王郎诗稿中。
此物相思多采撷，相思本色是秋红。

柳侯祠

元和十四年，柳子厚贬死柳州，年仅四十有七。清
姚莹诗："史洁骚幽并有神，柳州高咏绝嶙峋。"

骚幽史洁见高风，破额山泉曲未终。
太息唐音渐沉寂，柳州先谢一枝红。

漓江三章

且任江声湿客袍，蓝拖秋水彩虹桥。
一叶相思燃树杪，蛾眉正唱小蛮腰。

红帆风饱木兰舟，竹影参差吊脚楼。
尺八箫孤吹紫玉，呜然吹皱一江秋。

驼宕风和帆影移，一篙点破碧琉璃。
人面江花双妩媚，双红豆在最高枝。

独秀峰三章

独秀峰挺立桂林靖江王城内，人称南天一柱。

饱览沧桑夕照空，迷离烟树记吟筇。
直上嵯峨寻旧梦，梦痕都被白云封。

见证海枯娲火红，孤标一柱郁葱葱。
擎起西南天半壁，秦讴楚些两朦胧。

一声清啸众山低，拂拭苍崖读旧题。
秋思浩茫看云起，云边时有鹧鸪啼。

2015 年 10 月 21 日 重阳节于滇南说剑楼

黔中九歌

黄果树

地维绝处怒涛奔，娲火犹燃石尚温。
崖上碧凝杜鹃血，细看都是篆苔痕。

茅台古镇

登高呼酒洗孤怀，马上琵琶鹦鹉杯。
老窖玄机藏汉武，解人都在古茅台。

注：传茅台酿酒自汉武始。

娄山关

走马长征旧战场，忆秦娥唱岭青苍。
海涨烟峦血凝碧，铜琶如火拨残阳。

都匀毛尖

长伴云崖万树花，明前携梦采新芽。

朗月茶歌都一泡，茶香漫过绿窗纱。

镇远古城

古桥古井古民居，梦觉蛮荒鸟语殊。
"S"一水穿城过，绘出阴阳太极图。

夜郎怀李太白王龙标

来访洪荒第一犁，漫山红叶待人题。
诗国大唐双圣手，吟鞭共指夜郎西。

夜郎怀刘梦得

元和十年梦得由贬所返京
作看花诗中有"无人不道看花回"句
坐此复贬播州改连州。

双鬓难禁霜雪摧，沉吟三黜梦成灰。
播州贬又连州贬，都为看花又一回。

梵净山定心池

池莲如雪夕阳红，非有非无色即空。

秋水澄明心淡定，禅机尽在不言中。

梵净山听经石

曳杖寒山云径深，霜钟一杵鸟知音。
绕石花闲开且落，坐看苔色上衣襟。

2015 年 10 月 21 日重阳节于滇南说剑楼

秀山后十八拍

秀山屏障通海城南,名在云南四大名山之列。佛寺星罗,道观棋布,四季花红,古木参天,层台耸翠,飞阁流丹。山脚原接杞湖,湖方百里,烟波浩渺,颇便渔商。今湖面枯萎,鱼龙沉寂,遥不可睹。秀山之天镜楼与海月楼等,已同虚设矣……

片云楼山茶二章

此花开处俗花空,一簇烟霞一树红。
寄语云边报春鸟,撩人春色在滇中。

春藏小蕾梦先知,青鸟蓬山未可期。
凭栏无语无情思,聊把深红寄一枝。

涌金寺宋柏

摄取精华日月光,年轮存录几兴亡。
此是空无真境界,千秋不改郁苍苍。

绿杉亭

携取鸣然尺八箫，飘然来赴美人邀。
跌坐绿云煎白石，听风听雨听芭蕉。

登螺峰

螺峰直上小群峰，过眼烟云一望空。
锦瑟无端真绝唱，浅红开罢是深红。

秀山沟湖畔小坐

二月花明豆蔻梢，片云孤鹤两相高。
开放胸怀纳天籁，波涛听罢又松涛。

海棠坡

扶病阳春倚杖行，海棠夹道涨红声。
一霎潇潇花瓣雨，因知灿烂即凋零。

秋　晴

偷闲半日酌秋晴，万斛尘埃一扫清。

杯茶打坐清香树，共赏帆高湖水平。

听 雨

襟上香凝那段情，红深红浅记同行。
愁边又是不眠夜，细听芭蕉沐雨声。

青 鸟

相携曾赏艳阳天，青鸟衔香出紫烟。
细雨杯茶今独品，梦随花谢在风前。

秋 红

杜郎俊赏漫山枫，山在苍茫萧瑟中。
因悟岁寒境高远，夺人魂魄是秋红。

秋 山

秋山红染暮云深，果坠松梢曳凤吟。
孤高只待美人拾，解读凌云一寸心。

杞湖三章

凭栏小试夜光杯，块垒横胸扫不开。

怕说桑田沧海事，涛声响入梦中来。

枯萎沧浪梦一泓，忍将往事问鱼龙。

莫上高丘添怅惘，蒿莱满目郁葱葱。

信风二十四番吹，共把流光酌一卮。

柔橹如歌春骀荡，湖边捕得句淋漓。

圆明寺三章

漫品禅堂午后茶，清凉庭院绿交加。

因风一鸟啁啾过，啼落枝头缅桂花。

茗煮寒泉傍紫薇，软风时向鬓边吹。

人自无言花不语，悠悠飘入碧螺杯。

黄昏夕照抹烟梢，落定尘埃归寂寥。

古寺空门掩秀色，钟澜漫过绿芭蕉。

2014 年 5 月 26 日于滇南说剑楼

点春楼踏歌七首

戊戌小满后六日，与昆明蒙自个旧诸才俊游石榴园，登点春楼，拨雨问花，眠琴追梦，佛道同参，身心两畅，归途神旺，意兴飞扬，因走笔作歌以记之……

灵 犀

验证灵犀一点通，追寻旧梦雨兼风。
拾得啼痕斑驳句，断无消息石榴红。

点 春

无边丝雨浣心尘，题柱诗雄墨迹新。
摘取点春红一朵，云边寄与采莲人。

恍 惚

摇红风软梦参差，恍惚须臾翠羽知。
小立寂寥亭子北，姬琴花语两听之。

汗 漫

且凭雨阵掠闲愁，呼酒寻花汗漫游。
最忆竹栏听鸟唱，伊人含笑一回眸。

红 照

国之兴废罪荔枝，一骑尘扬边角吹。
试上骊山酹端午，石榴红照华清池。

新 翻

石榴裙子验开箱，憔悴诗残月正凉。
新翻一曲双红豆，无字碑瞻武媚娘。

惊 艳

雨拍回廊破寂寥，四围花海涌如潮。
曳杖听红夫子老，也题惊艳上芭蕉。

2018 年 5 月 27 日于滇南说剑楼

《轩辕台》

　　轩辕高卧处，四围山青苍。梦枕太行绿，歌飞黄河黄。云冈起殿宇，碧瓦映红墙。壁间观凤舞，绕柱看龙翔。因忆洪荒古，茹毛饮血浆。教民稼与穑，教民蚕与桑。教民谦以让，道德重弘扬。教民勇以武，行健当自强。天地助人和，怀远朝八方。民族根基固，炎黄一脉长。功德入青史，伟业何煌煌。山乡动歌吹，骚人吟华章。雪花传太白，登台哭子昂。高山叹仰止，日月争辉光。我借一樽醑，万古胸开张。得句势宏伟，击节音铿锵。不觉暮云紫，古调转苍凉。怆然涕欲下，幽思接混茫。

❖石林峡❖

　　太行一脉长，青峰浴朝日。燕山歌慷慨，雪花大如席。忠烈杨家将，抗倭将军戚。八路大旗飞，大刀风猎猎。人杰地亦灵，代有精英出。峰峦万丈青，皆是英雄脊。山花烂漫红，尽染英雄色。壮哉石林峡，蜿蜒平谷北。壁峭入重霄，鹰扬一点黑。瀑悬声喧豗，直挂银河白。溅玉化虹霓，潮狂松风绿。九瀑十八潭，星罗棋子碧。入峡生幽思，峡深林清寂。石挺北国雄，涧抚江南曲。刚健含婀娜，万象收尺幅。诗情兼画意，墨泼辋川笔。小憩竹下坐，闲愁一时绝。嗒然吾忘我，灵台觉澄澈。出峡一身轻，浩歌震林木。回首夕照明，万里云天阔。

2009 年 5 月 10—19 日

《石宝题壁》

忠县石宝雄峙长江北岸，长七十丈，高五百尺，古木苍藤绕之，风雨雷霆生焉。传为女娲补天之遗，故名石宝。

天补万世功，遗此女娲石。雄视大江东，拔地三千尺。镇压万顷涛，下有鱼龙泣。树老挺虬枝，崖古苍苔碧。江水看滔滔，江风听猎猎。天梯依壁悬，直挂银河侧。攀梯沐天风，星斗信手摘。织女机杼鸣，唧唧声断续。俯瞰峡江青，纤纤成一握。霓霞片片红，云帆朵朵白。高处不胜寒，直下风雷激。回首乱云飞，苍鹰啸断壁。因念炼石成，珍奇光五色。拂拭觅流光，石火迹斑驳。杜鹃红欲燃，犹带当年热。

2009 年 3 月 22 日于京华说剑楼

登陆羽阁夜读《茶经》

　　攀崖采茶香，夜烹观茶色。欲解茶中味，琢磨夜继日。卅载弹指过，春华结秋实。煌煌经一卷，道传奇彩溢。捧经挑灯读，恍然心有得。但观色香味，难造道之极。兼论壶与水，可期有所获。壶容江海深，水涌千秋碧。有容德乃大，天地人合一。品茶性有别，分流儒道佛。佛空道归无，儒品独重德。亦别亦相通，和美是其则。和为美之源，无过无不及。经以人为本，茶农与茶客。饮茶畅身心，种茶求收入。互利与互惠，大道宽且直。史称茶农苦，辛劳非所值。诗中怨恨声，能察政之失。但愿司马读，泣下青衫湿。读经如采茶，精华带露摘。窗外风敲竹，似鼓圣人瑟。掩卷推窗望，不知东方白。

2008 年 5 月 7—12 日

读《漫吟集》

　　杨公斌儒，湖北恩施州诗词学会会长，性笃厚，诗词兼擅。其《漫吟集》行将付梓，余得快先睹。感佩之余，特草仄韵三百言以寄之……

　　同观摆手舞，共听龙船调。摆手星动摇，手舞足之蹈。金梭银儿梭，土家妹娃俏。苗寨山花艳，分香入诗稿。诗行红灼灼，吊脚楼边吊。更招楚骚魂，风生云浩浩。百里橘长廊，九歌余音绕。茶绿伍家台，香径清风扫。春风美人杯，茶铛烹夕照。酉水弄扁舟，玉箫吹兰棹。豪吟韵沉浮，阴阳割昏晓。一部漫吟集，厚朴兼众妙。绚烂归平淡，沉静见怀抱。随物而赋形，山光衬水貌。山重水复间，帆高云缥缈。难画时人心，炎凉须臾倒。丈量江湖深，沉浮付一笑。东篱且采菊，林泉且啸傲。闲读种树书，风景这边好。梦幻时放飞，山青人不老。荡胸生层云，决眦入归鸟。无欲得延年，无名挂牵少。我与君交深，于诗有同好。游刃信有余，技艺进乎道。人间重晚晴，天意怜幽草。老庄养生方，与茶同一泡。何须凌绝顶，一览众山小。愿与君比邻，清江垂晚钓。开樽酹寒涛，涛声拍林杪。举头望明月，明月何皎皎。

2011 年 10 月 11 日于滇南说剑楼

读北川诗集《安顿灵魂》走笔

北川诗厚重而不失轻灵，深情而富哲思。汶川地震，北川随所在部队千里驰援，所作诗大声镗鞳，小声嗡呓，真血与泪之结晶，真生命之交响曲也……

我爱北川诗，皆从肺腑出。宛转如清泉，潺湲鸣涧石。强劲如火山，轰然喷炽热。汶川大地震，刹那地维绝。深谷上为陵，高岸下为谷。滔滔湔江水，断流成堰塞。滚滚泥石流，所向生灵灭。解民于倒悬，中枢号令发。千里赴国难，军旗声猎猎。眼前何所见，惊心而触目。梦里何所思，铭心而刻骨。山乡剩残垣，城镇余断壁。夏雨冷于秋，啾啾闻鬼哭。废墟无生离，是处皆死别。母亲失儿女，肝肠听断裂。妻子失丈夫，青丝一夜白。教师护学生，以手撑课桌。此境堪雕塑，巍然天地立。遗体红领巾，手握一支笔。此笔写未来，光流奇彩溢。万千志愿者，万千迷彩服。同献一腔爱，共洒一腔血。三军可夺帅，匹夫志不夺。山岳虽崩摧，脊梁未垮塌。一卷北川诗，尽染英雄色。灯下拭老眼，唏嘘不忍读。胆识何从来，大爱辉朝日。爱及故乡河，爱及故乡屋。爱及梁上燕，爱及棉袄黑。爱及一条根，爱及一痕绿。爱及一颗刺，爱及一片叶。① 江山与美人，清风与皓月。爱比江海深，其深不可测。无理而高妙，至味寄淡泊。厚重兼轻灵，神思追前哲。生命是本根，上下而求索。北川诗百首，生机何蓬勃。诵读北川诗，灵魂欣有托。大哉北川诗，生命交响曲。

2011 年 10 月 13 日于滇南说剑楼

---

① 北川诗集《安顿灵魂》中有《故乡的河》《老屋》《燕去楼空的日子》《黑夜和黑色的棉袄》《根艺加工厂断想》《为一颗刺留下一行字》等诗作。

读《一条清丽的小河》

诗人唐光旭少小谋食关东，后归滇南。其间流离颠沛，自有不待言者也。然流离不改淳厚，颠沛不减才情。今其爱情诗集编定，总题《一条清丽的小河》。快读数过，深感诗如其人，弃绝浮艳，淳朴厚重，真风雅正声也。因草短句四百言以寄之……

爱是河九曲，春深波浩渺。爱是山万仞，秋高月皎皎。爱是信天游，雨湿阳关道。爱是二人转，风绿关东草。诗人唐光旭，爱心青未了。爱情诗百首，字字见怀抱。淳朴兼厚重，浮艳为一扫。心的港湾深，孤帆可停靠。心的绿洲美，飞来比翼鸟。心灵一盏灯，从昏明到晓。心中一把火，憧憬长辉耀。初恋最堪忆，花红蓓蕾小。永在追忆中，中心真如捣。我心在流浪，希望何缥缈。我心成碎片，片片入诗稿。心湖久冰封，但等春来到。春潮破坚冰，涛奔云浩浩。彩梦且放飞，明月来相照。粒粒相思子，灼灼发山坳。千里婵娟共，相思人不老。采撷无花果，寄去如瓜枣。撑起一片绿，远问一声好。蓝天白云飘，溜溜马儿跑，倚树听年轮，中有情歌绕。丈夫志不凋，夕阳可垂钓。夜来风雨声，花落知多少。晓看红湿处，风光无限好。朝朝暮暮情，徒然添烦恼。爱不必厮守，爱不须回报。越远心越近，此中含微妙。痛苦与欢乐，长把世人扰。超越苦与乐，可以悟大道。我爱诗人唐，豁然悟道早。斗酒诗百篇，雪泥印鸿爪。酒酣朗声唱，诗涛拍林杪。击节听澎湃，一座皆惊倒。今喜诗集成，辉光射云表。快读光旭诗，手舞足之蹈。欲以一语评，短笛横兰棹。无腔自在吹，地老天荒调。

2013 年 4 月 25 日于滇南说剑楼

读贾来发诗集《闲吟寄兴》爱其清远走笔记之

我读贾君诗，爱其清且远。清可澄我怀，远可拓吾眼。根扎红土地，乡情长满满。乡情不过期，灼灼辉不减。云封旧日村，拂之梦招展。秧针带雨插，秧田春水暖。浓绿涌万枝，嫣红燃一点。芭蕉绿初肥，燕呢温而软。花发豁双眸，花雨飞一片。推窗放绿来，绿云堆书案。一树鸟语稠，间关明如剪。不必苦寻春，春在枝头啭。秋深绿未删，月挂湖山显。抚仙湖水蓝，渔歌听唱晚。凌波一叶舟，帆扫浮云散。持竿钓清凉，钓起星灿烂。引吭一高歌，云起涛拍岸。举杯邀庄生，观鱼兹首选。秀山色可餐，四时花烂漫。溪喧弦千曲，云翻书万卷。梨红不肯凋，松柏青长健。寻诗随鸟唱，追梦听红绽。带露采朝晖，割云写留恋。苍崖踏翠微，小桥跨石涧。一任梦飞扬，天高云淡淡。读罢贾君诗，夜阑星斗转。披衣起凭栏，盎然生浩叹。谈诗颇不易，说艺吾岂敢。因忆少陵翁，孜孜求不倦。晚节诗律细，千秋垂典范。律细声情茂，律粗诗辙乱。今人竞标新，都争一句艳。讵知厚与深，乃是诗之胆。深则智慧积，厚则传统见。汉魏风骨挺，盛唐精光闪。因记吾所得，愿与君共勉。

2017 年 3 月 15 日于滇南说剑楼

《《王守愚诗书集》赏读》

　　壮哉守愚诗，清健多佳构。袖里集珍奇，笔落风雷吼。情系红河谷，满纸堆锦绣。磅礴哀牢山，逶迤龙蛇走。梯田哈尼寨，高挂重霄九。万道月牙弯，辉光射牛斗。悠悠泸江河，青鸟度垂柳。涛鸣燕子洞，十里编钟奏。涵澹而澎湃，琪花都红透。蕉林勐拉坝，夕晖注窗牖。笙歌涨暮烟，鸟归云出岫。异龙湖水蓝，观鱼倚船首。乡音海菜腔，绕帆回荡久。瀑布彪水岩，声宏山抖擞。直下摇云根，金石真可镂。仗剑作壮游，饮马长江口。六朝事如烟，涛声听依旧。巍巍中山陵，苍苍松柏茂。共和路畅开，革命功成就。垓下闻楚歌，伫立黄昏后。不忍唱大风，兔死即烹狗。追梦过巫山，寸心对月剖。梦中彩云飞，梦断无何有。万竿潇湘竹，郁郁冲天秀。有鬼唱离骚，曲终人影瘦。呜咽威海卫，甲午风雨骤。刘公岛不沉，邓世昌不朽。西出阳关道，瑶池烟波皱。走马踏苍茫，烟孤寒侵袖。伟哉守愚兄，诗坛射雕手。新声何铿锵，传统能坚守。南滇春不凋，诗健人长寿。何幸吾与兄，神交称挚友。灵犀一点通，情谊忒深厚。春寄一枝春，秋寄双红豆。挑灯读君诗，涛惊雷霆斗。读罢更登楼，歌呼将进酒。

　　　　　　　　　　　2017 年 6 月 16 日于滇南说剑楼

读《紫云斋集》咏怀五百字

　　万公拴成先生，燕赵慷慨人也。少小西游，舒展拿云之翅；垂老东归，闲草伏枥之章。公诗书兼擅，诗挺拔，书正大，屡获大奖，四海名扬。公今集其诗文付梓，命余作序。余不能辞，因略记诵读心得，谨以复命。岂敢称序，聊作引喤云尔……

　　万公诗铿锵，一脉传燕赵。涕下幽州台，幽思涨怀抱。易水风萧萧，涛奔云浩浩。少小志拿云，西出阳关道。胡天八月雪，北风卷白草。苍茫云海间，一弯冷月照。饮马傍交河，横笛抚鹰啸。大漠好射雕，漠风吹落帽。男儿重横行，千军都一扫。新城石河子，白杨刺云表。榆柳浮紫烟，异香生沙枣。犹记乙丑岁，结社逢春杪。周末必雅集，敲诗追精奥。几上云雾茶，灯前未定稿。偶尔亦呼酒，手舞足之蹈。忧国胸怀阔，夜光杯子小。杯盘任狼藉，不知东方晓。八年未稍懈，技艺进乎道。壮哉万公诗，雄豪兼众妙。军垦第一犁，犁破洪荒早。军垦第一井，喷涌惊天笑。军垦第一楼，回荡集结号。军垦第一城，花翻春火爆。北湖秋月朗，持竿垂晚钓。钓起满湖星，星挂风帆饱。瑶池伤心碧，四围松不老。阿母绮窗开，殷勤度青鸟。击水作壮游，记鼓荆湘棹。同观摆手舞，共听龙船调。黄河入海处，秋高波浩渺。灼灼雁来红，与茶同一泡。滇南燕子洞，娲石仙风绕。入洞皆白发，出洞全青了。我从万公游，于诗有同好。遇此师兼友，解惑长依靠。近水楼台幸，得月何皎皎。万公颇慷慨，不时赐墨宝。书我金缕曲，满纸云烟袅。天山踏歌行，酒酣云中倒。榜书说剑楼，笔健精光耀。说剑觉狂来，喝月证孤傲。嗟乎云岭南，四季花繁茂。东风第一枝，枝头春意闹。万亩石榴园，珍珠映玛瑙。榴花带血开，熊熊如野烧。间关莺语滑，生生阳雀叫。花下哦公诗，婀娜而峻峭。境界高且远，常人焉能到。掩卷思京华，登楼独远眺。遥寄五百言，试以管窥豹。

2017 年 4 月 14 日于滇南说剑楼

第三辑

说剑楼歌行

《听风楼放歌》

　　云南蒙自南湖颐园,宋周敦颐后裔柏斋先生之宅第也。一九三八年间,西南联大为避倭西迁,设商法文学院于南湖之滨,柏斋先生揖让颐园楼阁供联大女学生下榻,遂更名为听风楼焉。联大学生曾创南湖诗社,闻一多、朱自清诸先生皆为诗社导师。噫!听风楼!其非陆放翁"夜阑卧听风吹雨"之遗响也欤……

　　抗日烽火燃卢沟,炎黄四亿呼同仇。为寻五十年前梦,吾今更上听风楼。凭栏沉吟且放眼,烟波浩渺云天远。巾帼同怀报国心,曾此卧薪而尝胆。挑灯看剑何壮哉,欲把乾坤力挽回。夜阑卧听风吹雨,铁马冰河入梦来。家在松花江上住,万里流亡江南路。山河破碎草木深,杜鹃声里斜阳暮。转徙滇南一路歌,追随导师闻一多。南湖之畔秋水碧,欲将长剑十年磨。南湖诗社应运生,指点江山意纵横。鹃啼龙吟热血沸,落地尽作金石声。闲来偶作游湖乐,笑指小荷尖尖角。燕子斜飞雨打萍,游鱼吹浪风敲竹。游罢归来草新诗,案头明灭烛泪垂。风景不殊山河异,云笺难寄断肠词。倚轩更向东北望,云海苍茫孤月亮。流离身与月同孤,夜夜悲歌梦惆怅。八年抗战卷风云,枪林弹雨多红裙。试听听风楼上曲,声声皆是民族魂。讵料敌机来天半,高空弹落酿凶险。百尺楼台一角坍，浓烟滚滚风云惨。噫！往事如烟已成尘，黑发人变白发人。登楼寻梦无觅处，唯见依稀旧弹痕。慷慨悲歌为国死，同学少年今余几。风萧萧兮易水寒，国殇长眠呼不起。逝者如斯长已矣。登楼唏嘘百感生，拂檐烟柳正青青。欲问凭栏何所忆，于无声处听雷霆。嗟乎！当阳楼高漳水绿，仲宣曾赋怀乡曲。鹳雀楼边日色昏，登之可穷千里目。岳阳楼枕洞庭波，忧先忧兮乐后乐。吾今直上听风楼，欲以长歌当一哭。吁嗟乎！所幸国耻尽烟消，华夏声威步步高。试上听风楼上望，一统江山涌春潮。南湖风光美，云树依春水。夜来满湖星，笙歌因风起。听风楼畔枇杷黄，缅桂花开飘馨香。更有百年菩提树，长伴清风话兴亡。吁嗟乎！前事不忘后事师，登斯楼者应深思。万众一心可御侮，民族分裂招陵夷。暂凭杯酒酹流云，每说相思每伤神。海涛深处一岛孤，今宵可有登楼人。登楼人，登楼人，记否其豆本同根？当年幸得与子同袍枕戈待旦保疆土，今朝堪恨未能携手登高把酒赋招魂。吁嗟乎！登斯楼兮生悲壮，国耻家仇不敢忘。君不见五十年前斯楼回荡木兰辞，骏马长缨何高亢。君不见五十年后我来狂草登楼歌。草罢更向青天唱！

1995 年 5 月 2 日

至公堂浩歌

　　至公堂在今云南大学校园内，闻一多先生曾在此作最后一次讲演。先生诗人兼学者而心系国运，后终以热血为新中国奠基。先生真人杰，亦真鬼雄耳。新中国五十周年国庆前夕，余谒至公堂归，思接千载，夜不能寐。因作长歌，谨以遥祭一多先生在天之灵……

　　至公堂上悬皓月，至公堂下沙似雪。环堂绿拥万树花，花枝尽染英雄血。绕花踏月久低回，且对清风酹一杯。我有深悲无寄处，欲招先生魂归来。先生之诗我常诵，先生之魂频入梦。一声"我是中国人"，海比深兮山比重。蜡炬成灰泪始干，先生真如红烛燃。烛泪悠悠流不息，天地长存一寸丹。一寸丹心为民主，和平自由与进步。志坚欲雪耻千秋，气壮何愁楚三户。卢沟桥上血风腥，感时恨别走春城。三千里路云和月，梦中歌哭为苍生。为诗憔悴为诗死，国风楚辞诵不止。平生所爱史之诗，平生所重诗之史。抗战诗坛发新声，靡靡之音那堪听。民族危亡需鼓手，铁马金戈卷雷霆。休道是书生手无缚鸡力，挥毫顿见风云色。休道是寒儒清贫两袖风，热血亦能化为碧。血肉长城千万里，八年惨胜来不易。讵料独夫行独裁，内战烽烟萧墙起。和平协议成废纸，寒夜荒鸡鸣不已。先生拍案一声呼：不自由则毋宁死！法西斯蒂争喧嚣，春城平地起寒潮。君不见联大师生猝不及防皆徒手，君不见党国爪牙白昼行凶榴弹并刺刀。学子四人同日天，教授居然血染袍。党国武功真盖世：腥风血雨"一二·一"！烈士尸骨停未稳，民主先驱惊又殒。李公血溅青云街①，是可忍孰不可忍！先生恨自胆边生，挺身直向虎山行。至公堂上字字血：民不畏死死可轻。大丈夫心一寸铁，易水悲歌荆轲血②。敢凭只手挽狂澜，欲将肝胆补天裂。呜呼！补天大业恨未终，神州痛失万夫雄。西仓坡前风云惨，先生血染夕阳红。悲夫！屈子行吟影枯槁，少陵贫病江湖老。如今党国重流氓，专家教授贱如草！悲壮哉！须知野火烧不尽，怒潮汹涌春雷震。愚公并力喊移山，精卫同声呼雪恨。风萧萧兮日月昏，四万万人赋招魂。君不见大江南北千树万树花飞雪，君不见长城内外千里万里雨纷纷。吁嗟乎！往事真如东逝水，弹指五十三年矣。我来含泪唤公归，千呼万唤呼不起。忆公音容哦公诗，公之遗愿此其时。世纪之交春潮涌，改革开放风劲吹。九七港九珠还浦，九九澳门归疆宇。两制并存一统成，民主进步信可睹。长太息以掩涕兮，哀民生之多艰。先天下而独忧兮，谁更继夫前贤？欲震聋而发聩兮，时代仍需鼓手；我特以此长歌兮，哭祭于先生之灵前。一篇哭罢气如山，先生仿佛在眼前。携先生诗登山诵，满腔热血沸欲燃。噫吁乎，危乎高哉！先生本是民族魂，神州故土有深根。先生之诗千秋唱：我是一个中国人！

1999 年 1 月 8—10 日

---

① 1946 年 7 月 11 日晚，李公朴先生被国民党特务暗杀于青云街学院坡。7 月 15 日上午，闻一多先生在至公堂作最后一次讲演。当天下午，先生在西仓坡被枪杀。
② 闻一多先生诗《我是中国人》："我的心里有尧舜的心，我的血是荆轲聂政的血。"

燕子洞歌

燕子洞位于滇南建水古城之东，群山环抱，洞深十里，栖燕百万。洞壁钟乳千姿百态，妙趣横生。泸江西来，入洞而为暗河，涵澹澎湃，恍如吴楚之编钟云……

黑云压城城欲摧，横空泼墨乱烟堆。山呼海啸风雷滚，知是百万燕子来。燕子百万来何处，来自深山鱼龙府。群峰环抱一洞幽，洞中长有烟云吐。泸江西来破烟云，寒涛滚滚摇云根。一片宫商鸣洞壁，十里编钟销人魂。寻声试向洞壁看，瑶草琪花何烂漫。小荷初露一角尖，夭桃压枝红万片。百尺珊瑚照眼新，舞长虹兮拂彩云。何处风来香馥馥，谁家桂子落缤纷。桂子缤纷随逝水，流水落花无穷已。水流不息香不消，香不消兮碧云起。噫！地腹雄奇客心惊，方圆百丈见巨厅。穿顶翠娥舒广袖，美目盼兮星月明。四壁更有神龙护，鳞爪腾挪播云雨。云雨深处雷霆惊，壁罅轰然悬瀑布。剑戟森森寒光吐，貔貅列阵挝天鼓。矢交坠兮士争先，短兵接兮云水怒。高天鹰扬逐狐兔，林莽风惊踞熊虎。百鸟翔集凤凰鸣，栩栩皆欲破壁去。怪哉！破壁犹有洞中天，千洞万洞紧相连。十里洞天十里水，回澜激石鸣溅溅。出洞仍仗十里涛，逆流破浪一舟摇。蹄花一片驰万马，此身如卧钱塘潮。吁嗟乎！出洞诗思悠而远，面壁欲题溪山晚。提笔忽觉已忘言，静听燕语声声软。归途纵目千万里，蓝天一片真如洗。落日燃霞万山红，泸江如练暮云紫。

1998 年 3 月 19 日

哈尼梯田歌

　　哈尼梯田高挂云南元阳哀牢山南，千山万岭，沟坎石镶，层层叠叠，直接云天。史载：哈尼人经一千三百余年之辛勤开垦，方造就此旷世奇观。癸巳五月，元阳哈尼梯田列入世界文化遗产名录。

　　梯田哈尼寨，稻花哀牢山。天梯千万级，高挂白云边。辉光射青冥，万道月牙弯。长忆刀耕共火种，白云深处春雷动。引来山阿不老泉，浇灌千秋哈尼梦。哈尼梦绕哈尼村，辟地开天伟绩存。试抚先民开山斧，斑斑锈迹有余温。从此山乡春意足，春风春雨苏万物。沟坎石镶涌春潮，布谷声里秧针绿。秋高万山秋意浓，稻穗沉沉压秋风。黄云漫卷镰刀快，割取秋光稻粒红。我来山乡访秋霁，鼓荡胸怀凌云气。烟树间关鸟知音，梯田泼剌鱼得意。隔篁竹闻溪水喧，往事如歌亦如烟。十分绿涨多依树，一片红燃野杜鹃。鸳鸯井寒情未了，造化阴阳割昏晓。高歌一曲梦长青，痛饮一瓢人不老。脚底浮云一扫开，连声呼酒上秋崖。白发题诗采红叶，红裙寻梦拂苍苔。青苍四围锦屏挂，长卷辉煌山水画。云为衣兮风为马，云中君兮纷纷下。放飞遐思气吐虹，此身已在白云中。擎杯且以茶当酒，开怀快揽八面风。薄暮垂天霞四溢，遥岑红紫近山碧。群鸟归飞掠树梢，一峰挺拔悬落日。万壑松风晚籁生，此声最宜洗耳听。心挂孤圆一轮月，目送飘摇数粒萤。溪头鸟唱惊崔苇，惊破秋红争吐蕊。何处紫箫抚花妖，谁家玉笛吹山鬼。多依树筛一泓月，月下巴乌声呜咽。花间象脚鼓深沉，树杪葫芦丝摇曳。多情花绽好风吹，多依树伴红豆枝。双红豆子多采撷，多情人在水之湄。噫！我来探访哈尼寨，梯田万叠悬云外。苍崖瀑落斗雷霆，河汉星流呈异彩。敲诗共趁梦燃初，归来诗驮一匹驴。竹里词填百字令，云边雁篆一行书。花骨朵儿哈尼梦，蘑菇房子哈尼居。蓬蓬勃勃花似海，扬扬洒洒雨如酥。从知人间有仙境，应喜吟鞭入画图。吁嗟乎！花雨缤纷真刹那，仙源徜徉只须臾。君不见流连忘返归途争插满头菊，都云此行真不虚。君不见焖锅酒烈少年狂发诗侠醉，满身花影倩人扶。

2017 年元旦于滇南说剑楼

大围山放歌

大围山雄踞滇南，方五百里，热带亚热带雨林覆盖全境。群峰翠耸，四季花红，寒泉玉泻，幽谷云封，真天地间大自在处也。赵瓯北曾曳杖清游，作树海歌，今诗碑存焉。辛巳六月，大围山列入国家级自然保护区名录……

君不见雨林绿涌亚热带，方五百里原生态。君不见云崖艳吐万树花，嫣红姹紫开不败。红河苏铁春葱茏，铁干坚挺流云中。万代花开红河梦，千秋果育红河红。太古桫椤青婀娜，曾经洪波与娲火。恐龙化石忒年轻，此是开天第一朵。三春三月啼杜鹃，相邀观花吟晴峦。刻骨相思红入梦，信天游歌山丹丹。秋高山茶花吐蕊，情窦初开藏小蕾。芦笙呜然花下吹，吹绽赤橙青蓝紫。苍藤古木不知年，土花冷艳虬龙盘。拍翅鹏抟涛卷碧，穿花鸟唱声拖蓝。古榕深处阳雀啭，石罅根深通秦汉。我来欲借绿一枝，撑起灵台凉一片。竹海共听雨霏霏，影扫琅玕青四围。空谷响传少陵句，斜晖红照美人衣。美人衣招绿孔雀，屏开五彩辉云錾。云边花茂溪潺湲，花下情深人绰约。峰抱澄潭青鸟过，一泓冷月葬诗多。小款瑶池亦绝代，回眸一笑生秋波。青云梯挂碧云冻，登梯揽月缤纷梦。一路给力凭好风，直上重霄鼓余勇。鼓余勇，众山低，摘取东风第一枝。樱花树下痴立久，为有痴情不可医。

147

石峡槽中忆茶马，茶铛烹月清辉洒。拾取萤火点松毛，马帮铃响流星下。携将苍翠下苍冥，九龙瀑喧万壑鸣。三千尺泻银河雪，掣动奔雷破壁声。噫！我有迷魂招不得，扶筇追忆赵瓯北。吟屐同叩大围山，笔扫蛮荒青苍色。海潮起处掀心潮，树海歌牵一梦遥。扶摇水击三千里，温情豪气两不凋。一脉传承当代稿，正声澎湃诗不老。雨林如歌入华章，破译大围山心跳。听云楼倚岭月明，心灯不灭梦长青。夜深且自横琴坐，万籁无声心湖平。日出携卷登山唱，林涛汹涌浪打浪。云海苍茫雁阵高，心潮涨共秋潮涨。吁嗟乎！看山听云别趣同，排闼送青万千峰。樱桃红了芭蕉绿，诗苔竹梦郁葱葱。君不见大围山色碧无穷，伽蓝钟鼓白云封。君不见听经石上花蓬勃，浅深都是滇南红。

2015 年 11 月 2 日初稿，

2017 年 6 月 20 日改定于滇南说剑楼

祭聂耳长歌

聂耳名守信，字子义，艺名聂耳，云南玉溪人，1912 年生于昆明。聂耳毕生以乐曲为利器，为大众呼号，为民族呐喊，创获甚丰。1935 年 7 月 17 日，聂耳溺殁于日本鹄沼海滨，年仅 24 岁。新中国建国前夕，中国人民政治协商会议第一次会议决议：聂耳谱写之《义勇军进行曲》为中华人民共和国国歌……

卢沟月黑海风腥，高天滚滚走雷霆。四万万人齐怒吼，要把血肉筑长城。悲歌一曲歌义勇，白山黑水频入梦。报国捐躯此其时，炎黄岂是奴隶种。滇中聂耳志凌云，追求只要主义真。五十弦翻关山月，高唱国殇中华魂。岁寒更显松高洁，心灵之火永不灭。挑灯看剑气如虹，甘洒沸腾一腔血。我以我血荐轩辕，风萧萧兮易水寒。壮士视死本如归，誓斩鲸鲵挽狂澜。《毕业歌》传《桃李劫》，告别书窗衣铁甲。休道书生无一用，夺旗斩将风飒飒。寸土不让寸土争，大刀怒向鬼子兵。《自卫歌》飞天地动，相看白刃血纷纷。谁云东瀛日不落，且听聂耳破阵乐。铁马金戈卷怒潮，荡涤凶顽除腐恶。一曲起懦而振衰，一歌唱罢胸胆开。义勇军魂耀千古，天不能死地难埋。堪恨天不佑英伟，廿四风华沉海水。举国齐呼魂归来，千呼万唤呼不起。往事如烟近百年，远访英灵赴云滇。我来胸中存一愿，欲吊遗踪一泫然。斯人高卧松篁里，云拂天蓝净如洗。魂依抚仙湖畔月，梦枕滇池沧浪水。故园风物仍依旧，好水好山看不够。树杪日升鸟雀喧，竹楼暮降笙歌奏。壁上犹挂旧时琴，曾送民间疾苦音。案头三弦声铿锵，曾拨秋寒水云深。一弦一柱惹思忆，一草一木系寸心。亦歌亦哭添惆怅，亦真亦幻费追寻。费追寻，发浩歌，与子同仇剑横磨。义勇军曲登山唱，激荡长江与黄河。黄河长江东入海，中华崛起人心快。国歌声宏旗五星，聂耳精神传万代。前事不忘后事师，和平进步信可期。云滇四季花似海，鹄沼高耸聂耳碑①。滇池鹄沼遥相望，警钟长鸣浪打浪。兵者凶器慎莫忘，人权生命高无上。借聂耳之耳兮以倾听，借聂耳之琴兮奏心声。借聂耳之眼兮观天下，借聂耳之笔兮抒豪情。万里南行酹山阿，聂耳墓前竹婆娑。栏杆拍遍心潮涌，走笔狂草聂耳歌。

2007 年 6 月 12 日

---

① 为表达对聂耳之仰慕与思念，日本藤泽市 1954 年决定于鹄沼海滨立"聂耳纪念碑"。秋田先生碑文："如果用耳倾听，我等今仍能听到聂耳的亚洲解放之声吧！"

《石韵轩主篆刻歌》

　　王洪科先生，云南通海秀山人，工诗书，尤擅篆刻，斋名石韵轩，名满滇中。先生先后赠我说剑楼、后发先至、涤除玄览、狂来说剑等篆印若干方，或平实，或圆转，或峭拔，或妩媚，尽得汉唐宋元明清胜处。因知先生于篆刻深有会心，真技进乎道者也。特走笔作歌，以志感怀……

　　天惊石破风萧萧，女娲石上看走刀。银钩铁画短兵接，石韵轩中生狂潮。白文晴霞散成绮，朱文风荷红映水。神鳌鼓浪摇云根，雁阵惊寒披霞起。画取东风第一枝，昌黎健笔少陵诗。笔底花生香馥馥，刀头翅展云飞飞。神韵直欲追秦汉，平实盘曲皆烂漫。圆转天然蕴方刚，峭拔云横陡壁断。石韵轩主出秀山，灵气采自绿云间。印内印外诗盘旋，满目青峰当印看。朴厚兼雄媚，丑拙化俊美。古今一脉通，变化守正轨。诗文书画韵无穷，贵能深造求其通。石韵轩主学不厌，海纳堪称万夫雄。方寸之间容万里，线条曲折通青史。风云之色石上生，珠玉之声刀下起。见志高远见情深，但以我手写我心。读印如闻箫韶乐，于无声处听大音。刚如铁铸青铜灌，柔如吴带当风软。薄如蝉翼透空明，厚如磐石不可转。肥如花间醉玉环，瘦如掌上舞飞燕。能于微尘显大千，更于有限寓无限。日月辉煌星灿烂。噫！堪嗟一刀万象生，游刃欲令鬼神惊。塞上胭脂凝夜紫，朗朗古月挂长城。吁嗟乎！古印有笔犹有墨，今人但有刀与石。前辈风流忽衰歇，雕虫不为小技绝。先生崛起秀山边，欲以只手挽狂澜。高揭宋元明清帜，来破秦垒汉时关。吾有书楼名说剑，独行久隔红尘远。先生篆赠说剑楼，剑芒直上冲霄汉。又赠闲章名狂来，浩气荡胸何快哉。一读狂来一长啸，长风万里浮云开。先生篆刻虹霓吐，伴我狂歌草金缕。更将健笔扫千军，上将兜鍪信手取。吁嗟乎！我草长歌气如山，草罢心雄天地宽。君不见石韵轩主朱文白文红似火，满纸辉光红欲燃。君不见说剑楼前红日升腾莺歌哔，东篱艳吐一枝丹。

2009 年元旦于滇南说剑楼

王纯生山水牡丹歌

王纯生先生，云南蒙自著名画家，擅山水，兼擅花鸟。其山水元气淋漓，深得哀牢山红河水之灵气；牡丹风姿绰约，遐迩名扬。人有以牡丹王称之者，真实至而名归耳……

无胆莫进纯生室，四壁瀑飞涛千尺。更有松风万壑寒，倒海翻江欲破壁。细看风涛皆画稿，元气淋漓光四溢。崖畔山花烂漫红，石上青藤翠欲滴。枝头啁啾鸟语圆，压枝姹紫兼红湿。月下清泉鸣溅溅，泻入寒潭深不测。石桥依涧跨如虹，骑驴人过声唧唧。遥望寒山斜一径，林烟漫卷伤心碧。堪惊风自画上生，无边丝雨细如织。雨压峰峦一重重，满目苍茫沉云黑。回首不见来时路，后山无影前山失。须臾雨过万山红，树杪熊熊燃夕日。人归飞鸟相与还，鸟歌尽染青苍色。云起云飞一方砚，万千气象一支笔。蘸取红河水滔滔，绘出哀牢林茂密。又绘哈尼梯田美，天梯直挂银河白。为问登梯欲何之，兴来欲把星汉摘。梯田文化大弘扬，文化遗产入史册。休言弄墨乃小道，纯生笔有补天力。八尺宣上看腾挪，巧夺天工天不及。试看纯生画牡丹，明艳真可倾人国。照眼花光笑回眸，花下云涌绿重叠。一颦一笑见高华，一吞一吐皆虹霓。香清夜袭美人衣，色重朝引双飞蝶。春心荡漾意悠悠，风韵婀娜活脱脱。对花能不诗兴发，莫怪骚人诗盈箧。太白歌词寄兴长，曾倚沉香亭子北。解释春风无限恨，一枝红艳照明月。乐天乐府放悲声，帝城春暮花灼灼。谁知一丛深色花，耗去多少黔黎血。至今不敢读买花，一读一回泪盈睫。喜怒哀乐寄牡丹，滇南纯生用墨泼。实至名归牡丹王，摄取花魂称一绝。少年争买纯生花，花光灼灼看目夺。少女争买纯生花，花香迷漫春蓬勃。纯生牡丹实难求，登门肩摩踵相接。有时无花求其次，愿得纯生一片叶。吁嗟乎！纯生而今过六十，犹自长毫挥不息。纸上风起云飘飘，腕底春浓香馥郁。花魂鸟唱牵神思，云岭之南标高格。君不见纯生操将游刃割嫣然，万紫千红收尺幅。君不见纯生笔扫烟云归画卷，移山弄潮谁能敌。我草长歌寄滇南，一声清啸欲裂石。夜深何事风萧萧，纯生挑灯正泼墨！

2009 年元月 4 日于滇南说剑楼

《秀山岚影》歌

　　杨千成先生，成都人也。少小求学云南大学，后放逐秀山之麓，遂家焉。先生以弘扬秀山文化为己任，五十年躬行不辍，成就斐然，已有《诗化校园》《秀山屐痕》《玉溪七赋》等大著刊行。近复将其钢笔素描秀山景物六十余帧结集，配以诗文，总题《秀山岚影》，命予作序。状难写之景如在目前，含不尽之意见于言外，此先生笔墨胜处也，因作长歌以寄之云……

　　展卷云飞花满路，虹霓高挂青青树。谁持生花笔凌云，绘出秀山花无数。生花妙笔来蜀中，升庵而后千成公。杨门名盛无虚士，五百年出一代雄。少年追忆都江堰，江潮直下掣如电。热血长共江奔腾，撼梦千堆看雪卷。奔赴云滇一路歌，余烈弘扬闻一多。滇池秋水千秋碧，欲将长剑十年磨。九州杏坛惊失火，万千池鱼无处躲。忧患真从读书来，廿年所获唯坎坷。且将痛苦化快乐，痛苦着亦快乐着。病树前头春盎然，雄鸡一声天下白。深根深扎秀山深，红叶能题月可斟。舍却归去来兮赋，长作滇中播春人。教书育人春晼晚，偷闲读书破万卷。笔落能令风雨惊，诗成每教鬼神叹。数度看剑夜挑灯，庾信文章老更成。《秀山屐痕》纸涨洛，《玉溪七赋》远蜚声。积水成渊蛟龙伏，积土成山鸾凤出。锦绣文章七彩云，袖里珍奇光五色。五色珍奇七彩云，暮年墨泼秀山春。苍崖云树归一卷，满纸情牵秀山魂。抱秀亭抱浮天绿，绿云扰扰消尘俗。洗钵池洗月华明，月华如水清可掬。还鹤楼边红叶秋，白云千载空悠悠。白云坞上紫藤老，落英缤纷冷不收。云卷云舒红云殿，云破月来花影乱。登高快览清凉亭，抚枝听取红蕾绽。有亭翼然名妙空，遥岑远目有无中。有阁森森荫古柏，参天千尺欲化龙。好山入座清于洗，余霞因风散成绮。花间细酌酒一壶，好邀明月共千里。天风吹月海初潮，杞湖潋滟片帆高。骚客叩舷歌水调，红袖多情抚紫箫。花不知名分外娇。噫！性情人入性情区，好山可望亦可居。堪羡杨公笔酣畅，成此秀山岚影图。更以诗文配画卷，诗文锦绣画高远。智者之水仁者山，都向杨公画中看。嗟乎！捧读此图听鸟啭，临风因念溪山晚。我与杨公交忘年，一段离愁剪不断。长忆携手秀山高，亭台煮酒读《离骚》。秀山绿染天山绿，杞湖潮通北海潮。己丑年初一握别，万千思念成悬隔。茫茫人海知音稀，我有疑难谁与析。吁嗟乎！苍天不负有心人，《秀山岚影》画图新。杨公怜我独憔悴，赠我云滇一枝春。秀山青苍青不断，秀山花红红艳艳。君不见吾今客居京华气澄清，秀山翠色浮书案。君不见吾今紫禁城边不畏寒，胸有秀山春烂漫。

2010 年 10 月 28 日于京华说剑楼

横越天山行

　　庚午岁六月既望，余偕二三子拂晓驱车由天山北麓石油城独山子南行，旋抵山脚，遂沿盘山公路迤逦而上，午后始得穿越极顶隧道哈希勒根，随即蛇行而下。比至南麓重镇那拉提，已是日之夕矣。夜宿旅驿，巩乃斯河涛声扰梦，因披衣而起，挑灯草成是章，凡四百二十八言，命曰横越天山行。

　　诗中梦里屡相逢，今我来思日初红。唐人歌吟掀天涌，化作横空山万重。结伴驱车寻诗去，平平仄仄盘山路。流云故故拂车帷，虹霓辉映崖边树。抬头时见峰巅雪，盛夏未觉途中热。一道飞瀑落前川，风雷乍起山欲裂。山欲裂，浪花飞，山风送爽壁上吹。啼鸟争唱三平调，山花含笑弄芳菲。千回百折到山腰，停车但见花如潮。云蒸霞蔚迷山石，花气升腾欲冲霄。山陂巨松皆百丈，枝叶峥嵘凌云上。抚松昂首一声呼，千岩万壑生豪放。小憩登车客心惊，一步一番险象生。陡壁云径瘦如线，饥鹰屡窥车窗鸣。车右崖悬临空谷，老树枯藤蛇屈曲。车轮紧贴崖边行，满车敛气忧失足。车左怪石纷欲下，熊虎磨牙惊湍泻。天旋地转风萧萧，汗出淋漓湿手帕。抚膺听气喘，心寒觉腿软。一发系千钧，问谁敢眨眼！穿云破雾临极顶，隔窗顿觉霜风猛。断壁寒凝百丈冰，冰雪满山日色冷。极顶风光何壮哉，万紫千红傍雪开。我欲题壁写豪气，冷香滚滚入诗来。纵目云天千万里，群山奔涌惊涛起。狂潮澎湃乱云飞，此身已在青云里。下山车轻风雷激，须臾直下三千尺。回首日暮万山红，残霞斜挂擎天石。哟嗬嗬！君不见自古男儿志在四海意纵横，喑呜叱咤挟雷霆。君不见吾今一日横越天山八百里，挑灯夜草天山行！

1990 年 8 月 17 日

惠远古城放歌

　　惠远古城雄踞西北边陲伊犁河北岸，创建于乾隆二十八年（1763）平息准噶尔部叛乱之后，历为伊犁将军府所在地，同治九年（1871）因沙俄入侵而毁于战火，昔日繁华，荡然无存。道光二十一年（1841）林公少穆因禁烟远戍惠远，虽近暮年而犹以国事为忧。闲来行吟，今传有"格登山色伊江水，回首依依勒马看"之句。庚午岁夏秋之交，余偕二三子驱车寻访林公行吟处，往事如烟，迄今已整整一百五十年矣……

　　君不见林公笔下边关美，格登山色伊江水。君不见惠远古城号角壮江声，羽书一夜传千里。我来吊古立芳洲，遥岑远目思悠悠。欲问林公饮马处，暮色沉沉一江秋。烽烟当年卷沙碛，平叛刀枪映日白。画角凝寒彻夜吹，马蹄翻飞掀霹雳。天兵怒气冲霄汉，逆酋授首伊江畔。九城环卫镇西陲，虎帐貔貅经百战。壮哉伊犁将军府，佩玉鸣銮听歌舞。市井商贾聚如云，行人挥汗即成雨。更有诗酒助风流，迁人骚客尽西游。酒酣笔落龙蛇走，天惊雨乱湿边愁。此地林公曾驻马，闲来行吟夕阳下。长忆豪气满东南，烟灭灰飞虎门夜。难测天涯芳草路，唱彻阳关断肠句。蚍蜉谁令负山多？精卫岂知填海误！身危犹自忧天倾，边声屡扰魂梦惊。俄人终为中国患，黑云压境挟风腥。铁蹄踏破伊江水，百年重镇一时毁。残垣野鬼夜相呼，白骨森森横旧垒。何处更寻钟鼓楼，黯然无语大江流。啼鸟也知家国恨，夜夜啼血满枝头。满枝头，恨难消，林公叱咤动荒郊。君不见古城城北林公手植立地擎天青枫树，枝枝叶叶风里雨里相摩相荡掀怒潮！往事如烟百年矣，我来正逢秋风起。伊江两岸气象新，游人误入丹青里。篱畔鸟啁啾，红果醉枝头。草低牛羊见，秀色满田畴。葡萄架下鸣手鼓，红裙花帽胡旋舞。舞到意兴遄飞时，一轮皓月江心吐。吁嗟乎！弦歌处处对圆月，从此不教金瓯缺。君不见当年林公遗恨化江涛，至今如怨如恸如泣如诉声呜咽。君不见吾今浩歌一曲东方红，日照江流汹涌澎湃沸如血！

1990 年 9 月 1 日

长乐山人作书歌

　　唐先生家濂，中国书协会员，巴蜀中江人也。性豁达，日以书酒自娱，因自号长乐山人焉。余曾赋得长歌梁祝三百余言，山人以小楷为余书之，通篇寒峭，触目销魂。时山人年已六十有三矣。

　　山人嗜书亦嗜酒，闲来垂钓北湖柳。酒酣挥毫意兴飞，满纸雷鸣惊涛吼。大字看沉雄，关山夕照红。小字夸神秀，江寒秋月瘦。更有行草逞风流，走笔如飞鬼见愁。须臾水击三千里，凌空欲作逍遥游。我与山人忘年交，欲学山人作书豪。山人谓我学书伊始须学酒，君不见颠张醉素皆于酒后笔底卷狂潮。初闻此论颇疑虑，墨池笔冢岂虚语？静夜凝思豁然通，斯言果有无穷趣。书艺本自贵天真，天真笔墨始通神。醉中无欲亦无我，山人欲以此喻引我脱凡尘。我言所得山人喜，因云此子可与论书矣。连呼大杯斟酒来，看我为君书一纸。掷杯为我书梁祝，冷月窥檐风敲竹。书到肠断魂销处，笔底幽幽闻鬼哭。噫吁乎！六十挥毫殊不易，山人心醉笔亦醉。君不见山人白发苍苍立如松，字如其人人如字。君不见吾今为赋长乐山人作书歌，赋罢神旺心宽陡增浩然气！

1992 年 9 月 27 日

龟兹梨花歌

龟兹故地多浪河畔多梨花，春来花旺，游人如织……

南疆草木先知春，花朝日暖景色新。柳梢才抹一痕绿，梨园已绽万朵云。多浪河岸三百里，簇簇梨花照春水。水色花光两相辉，水流不断香不已。花下踏青红裙多，踏响岑参白雪歌。千树万树梨花雪，千秋万代费吟哦。春风徐来彩云飞，千朵万朵压枝低。一笑嫣然生百媚，无限风情待人题。我本天涯一过客，平生养就赏花癖。多年看惯洛城花，吟遍江南春草色。今来塞上作诗痴，骑驴携酒过龟兹。多浪河边我欲醉，一树梨花一树诗。绕花觅句趁新月，香染诗行诗如雪。满身花影倩人扶，手持洞箫吹欲裂。归来花光豁吟眸，梦中犹作绕花游。梦回诗熟闻鸟唱，一团花气沁小楼。噫吁乎！临风凭栏极目望，垂天峥嵘云霞亮。君不见多浪河水千回百折送烟涛，浪打波摇花枝旺。君不见吾今笔涌春潮赋梨花，赋罢满纸飘香远山一轮红日上。

1993 年 4 月 14 日

南征歌留别塞上诸诗友

　　长羡鲲鹏扶摇起，须臾水击三千里。吾今亦作逍遥游，欲赴滇池照秋水。为问临行何所思，难忘天山月明时。云海苍茫星河转，八骏萧萧过瑶池。我曾踏访天山路，驱车直上重霄去。断壁寒凝百丈冰，残霞斜挂青青树。琪花瑶草满高坡，飞流直下剑新磨。一日横行八百里，挑灯呼酒草长歌。山南龟兹多妩媚，春来千里花枝翠。梨园堆雪杏花红，满园春色惹人醉。多浪河边起歌吹。龟兹歌吹百代豪，水村山郭卷狂潮。手鼓频频敲夜月，红裙飘飘何妖娆。最忆边陲诗意足，天山南北诗常绿。十年携手树吟旌，诗花红湿香馥郁。导我先路多良师，深情厚谊惹相思。鱼雁传书谈艺日，围炉煮酒敲诗时。十年磨剑诗艺进，敢忘师友教不吝。南征何以报知音，梦回扪心常自问。喜闻滇南景色妍，湖光山色孕诗篇。西双版纳红河水，滇池洱海点苍山。寻诗何惧两鬓白，直上云崖浮大泽。摘取南天烂漫春，寄与天涯诗剑客。吁嗟乎！长亭惜别感慨多，执手无须泪滂沱。劝君更尽一杯酒，请君听我南征歌。

1994 年 10 月 20 日

《西部屯垦歌》

二十世纪五十年代初，中国人民解放军十万大军挺进新疆，剿匪平叛。其后奉命组成生产建设兵团，屯垦戍边。四十余年中，兵团战士风餐露宿，披荆斩棘，备尝艰辛。现兵团已垦荒一千六百万亩，拥有土地七万平方公里，人口二百三十万，成为巩固边防开发西部之重要力量。伟业煌煌，中外瞩目。因作长歌以记之，并以遥祭为屯垦捐躯之先烈云⋯⋯

万里西征威烈烈，万里蹄敲瀚海月。万里春风度玉门，万里春潮涛飞雪。休道是瀚海阑干百丈冰，红旗指处四海春。休道是西出阳关无故人，民族团结一家亲。羌笛何须怨杨柳，轮台从此风不吼。君不见大军十万尽征西，定教塞北春长久。屯垦戍边一肩担，追亡逐北气如山。铁骑萧萧掀霹雳，倚天挥剑斩楼兰。分裂残梦须臾碎，天山南北寒潮退。二十万众齐下鞍，战斗队变生产队。亘古荒原滚惊涛，天山南北大旗飘。塔里木河畔飞春雨，准噶尔盆地涌春潮。征服风沙植云树，斩棘披荆建水库。引来雪水灌绿洲，播种春光降春露。砍土镘举豪气生①，一犁破土热浪

---

① 砍土镘，垦荒工具。

腾。田间小憩何所乐，高唱我是一个兵。所居者何"地窝子"①，
陋室春浓北风死。穴居犹自梦垦荒，此梦真堪入青史。所食者何
水煮风，咀嚼麦粒乐融融。咽尽风沙千般苦，换取春花万朵红。
壮哉！卅年回首叹巨变，垦荒一千六百万。农林牧副百业齐，戈
壁明珠何璀璨。君不见春风吹绿染田畴，无边麦浪绿如油。地天
一色春蓬勃，对此能不放歌喉。君不见金风送爽云天阔，素裹棉
铃映秋月。亩产举国列前茅，年年喜摘千堆雪。防护林带看纵横，
绿色屏障省青青。枝头百鸟歌婉转，渠中玉泻佩环鸣。春入果园
百花绽，天桃红杏争烂漫。秋来苹果压枝红，葡萄晶莹惹梦幻。
君不见新兴城镇拔地起，北屯奎屯石河子②。君不见"死亡之海"
变乐园，阿拉尔辉映塔河水。厂矿林立气吐虹，纺织制糖作前锋。
产值高达八十亿，日新月异展雄风。噫！屯垦戍边由来久，汉唐
故垒皆残朽。但留遗训意常新：平时积谷战时守③。汉唐胜事今
已矣，当代屯垦孰能比：屯垦大军二百万，雄镇天西七万里。亦
军亦农亦工商，和平建设斗志昂。招之即来来能战，钢铁长城美
名扬。快哉！诗翁曾此抒感慨：希望之光升塞外④。元戎曾此赋
华章："戈壁惊开新世界。"⑤ 新声古韵两相辉，屯垦之树碧离离。
更上层楼抬望眼，改革开放好风吹。好风吹放花千树，改革新苗

---

① 兵团战士开发天山南北之初，食宿维艰。因掘地为穴，上覆草泥而
居之，人称"地窝子"。
② 北屯、奎屯、石河子、阿拉尔，皆兵团所建新城，遐迩闻名。
③ 汉唐屯垦方略："平时积谷，战时参战。""内有亡费之利，外有守御
之备。"
④ 艾青诗《石河子》："面对着千里戈壁，两眼闪着希望。"
⑤ 陈毅诗《访新疆》："戈壁惊开新世界，天山常涌大波涛。"

争破土。四海惊看西部热，屯垦伟业垂千古。吁嗟乎！大江东去兮流不已，白发老兵兮今余几？岁岁清明兮飞细雨，雨中结满兮相思子。我草长歌兮遥祭烈士之云帆，帆悠悠兮水蓝蓝。魂兮归来兮听我歌一曲：边疆处处兮赛江南！

1997 年 9 月 7 日

《听闵惠芬胡琴独奏赛马行》

狂潮澎湃雨拍瓦，惊天一片蹄花泻。风云骤起敕勒川，阴山脚下看赛马。骐骥骅骝争驰逐，黄尘滚滚迷山谷。春光万里花如潮，花衬马蹄香馥馥。马铃丁当彩云飞，眼前忽见姑娘追。马蹄轻敲五彩路，红裙如火暖风吹。弦上黄莺语，恩怨相尔汝。浅滩春水柔，枝头新芽吐。归途惜别流溪畔，扬鞭洒落歌一串。歌逐蹄花入斜阳，满天云霞红烂漫。曲终幕落我如醉，香茶入口不知味。离座顿觉一身轻，梦中犹闻马蹄声。余韵远，古风淳，一曲赛马气象新。君不见年年春江花月夜，人人争说闵惠芬。

1990 年 7 月 28 日

甲午百年长歌

　　甲午中日战争始于一八九四年七月。数月之间，日军连破牙山、平壤、九连城、大连、旅顺、威海卫、牛庄、营口、田庄台，清军一万二千人战死，北洋水师全军覆没。日屠旅顺，全城仅活三十六人；日陷台湾，杀抗日志士一万一千九百五十人，台湾百姓死于战乱者无数。一八九五年四月十七日，中日缔结《马关条约》。鸦片战争以来，丧权辱国，莫甚于此者矣。然邓世昌林永升诸公赴死黄海，台湾军民浴血台南，其浩然正气，虽与日月争光可也……

　　君不见鸦片战争酿奇耻，南海血碧东溟紫。君不见万家墨面没蒿莱，壮士登临尽切齿。甲午又见烽烟生，黄海云沉海风腥。牙山失守高升没，三千子弟齐凋零。倭寇挥师逼平壤，守将窜逃如漏网。不亡一卒陷大连，兵锋直指旅顺港。屠城四日杀气浓，平民数万化沙虫。老弱妇幼无幸免，海天万里生悲风。生悲风，惊魂魄，黄海波寒声呜咽。大东沟口炮声隆，舰吼雷鸣秋日白。懦夫怯阵壮士悲，一腔热血化落晖。君不见致远经远官兵同仇敌忾并肩死，万丈豪情至今犹伴彩云飞。威海一战水师没，主帅杀身成名节。飞桥斜挂乞降旗，夕阳西下黑如血。中堂缔约赴马关，割地赔款掩面还。丧权辱国无过此，从此神州月不圆。吁嗟乎！

台岛隔海岸，民风称强悍。抗倭一声呼，奋起千百万。台南林莽杀声扬，自古君降民不降。八年流尽志士血，海风浩荡海潮狂。悲壮哉！往事如烟百年矣，折戟沉沙更磨洗。我以长歌祭国殇，泣血招魂恨满纸。且看长风九万里，尽雪炎黄奴隶耻。驱逐列强固金瓯，五星红旗耀青史。吁嗟乎！天涯芳草碧离离，统一祖国此其时。寄语台港诸贤达，精诚合作莫迟疑。千秋大业重机遇，如此江山待题句。君不见空山新雨晚来秋，王孙归来兮嗟日暮。君不见春江潮水连海平，红豆结满相思树。

1994 年 5 月 24 日

题草野轩诗书画集

东莞何春，敏而好学，学而不厌者也。草野名其轩，其怀淡泊；书画写其趣，其品清雅。顷接其诗书画集，花鸟草虫，皆灵机勃发而超然乎尘垢之外。叹赏之余，特走笔作歌以记之……

信手一挥生春风，春风生自东莞东。春风过处春草绿，草野轩中春意浓。万丈花光映眸子，红梅吐艳紫藤紫。雨后葡萄碧玲珑，望之顿觉酸我齿。清泉漱石破寂寥，映日芰荷冷香摇。银浦流云拂明月，无边花影乱如潮。何事鸟歌动耳鼓？万绿丛中鸣翠羽。何事夜半起秋声？东篱促织呼秋雨。何子泼墨意兴飞，芭蕉叶大枇杷肥。更以余墨题丽句，文采花色两相辉。满纸香浮墨色饱，二王青春钟繇老。苏黄米蔡董王孙，庖丁神技近乎道。翩翩舞征鸿，矫矫走游龙。挂壁惊破壁，破壁化长虹。噫！我与何子神交久，长羡何子掣鲸手。今读其集灵台清，走笔作歌题其首。

2002 年 9 月 18 日

《黄公度先生谢世百年读《人境庐诗草》
怆然作歌寄怡然兄香江》①

　　结庐在人境，心能远之乎？魂系吾民与吾国，能不歌哭且唏嘘！黄公黄公字公度，前身合是英雄树。根扎神州万丈深，干擎岭南天一柱。岭南民气何壮哉，三元里前声如雷。鞠躬尽瘁林少穆，死而后已关天培。肉食者鄙酿奇耻，城下之盟羞满纸。赔款割地阿芙蓉，烈士心寒尽切齿。匣中三尺剑新磨，欲斩长鲸挽颓波。惜哉霸才天不佑，长使英雄泪滂沱。泪滂沱，对天泣，甲午之战沉云黑。牙山失守高升北，八千子弟一时墨。敌焰嚣张杀气浓，屠城旅顺火熊熊。老弱妇幼无幸免，流血漂橹海波红。壮哉邓林皆死战，经远致远驰如电。回天无力奈若何，风萧萧兮云淡淡。满腔热血化落晖，浩歌长伴彩云飞。每忆邓林胆气旺，起舞中庭听晨鸡。苍天苍天泪如雨，倭人竟割台湾去。民则何辜罹此苦，取我脂膏供仇虏。一声拔剑起击柱，万众一心谁敢侮。亡秦者谁三户楚，何况闽粤百万户②。民族危亡民族悲，尽入人境庐中诗。少陵野老吞声哭，城春花谢国破时。大丈夫心一寸铁，欲荐轩辕以热血。可怜万字策平戎，换得风寒六月雪。欲洗甲兵挽

---

　　① 香港梁怡然先生拟制作六十米诗书长卷《黄学缘会》以纪念黄遵宪先生谢世百年，因属予作歌，特赋此以寄。

　　② 以上八句出自黄公诗《台湾行》。

天河，讵料托体同山阿。今古茫茫谁共语，鲛人珠尽泪尤多。九曲栏杆拍欲破，时到微明犹独坐。推窗满目乱云飞，木棉花开红似火。人境庐中学种瓜，卧听虫声透窗纱。先生真是闲人未，偶尔栽花偶看花。几番对花花溅泪，几番听鸟鸟声碎。湖海归来气难除，沽酒浇愁期一醉。古今霸才能有几，哀哉戊戌六君子。先生忍痛忍死鸣，未见大同心不死。先生之诗照汗青，铜琶铁板发正声。万众弘扬先生志，共把血肉筑长城。前仆后继不惜死，掣动长风九万里。驱逐列强固金瓯，尽洗炎黄百年耻。百年热血化为碧，先生名传英雄册。诵先生诗心潮沸，雄鸡一声天下白。悲乎哉！先生曾言吾老矣，含泪挥毫书《心史》。为见神州一统成，病躯愿缓须臾死①。先生至死目不瞑，怒将老眼看瓜分。泣红雁唳鹃啼血，都是先生月夜魂。吁嗟乎！大江东去浪滔滔，我草长歌恨难消。居安思危称古训，黄公歌啸如雷震。长忆黄公哦公诗，不留子孙以遗恨。海涛深处一岛孤，本属神州旧版图。《台湾行》中字字血，两岸同胞记得无？清明时节芳草绿，江河呜咽声断续。我诵公诗动深悲，遥寄长歌当一哭！

2005 年 4 月 17 日

---

① 黄公诗《病中纪梦述寄梁任父》："倘见德化成，愿缓须臾死。"